Backgammon

von Klaus-Dieter Budde

Backgammon

Ein Kriminalroman rund um das beliebte Brettspiel und die Obdachlosigkeit

von Klaus-Dieter Budde

Dieses ist ein Roman, eine erfundene Geschichte. Die Handlung und sämtliche Personen des Romans sind frei erfunden. Jede Ähnlichkeit mit einer lebenden oder verstorbenen Person ist zufällig.

*

Bibliografische Information der Deutschen Nationalbibliothek: Die Deutsche Nationalbibliothek verzeichnet diese Publikation in der Deutschen Nationalbibliografie; detaillierte bibliografische Daten sind im Internet über dnb.dnb.de abrufbar.

Impressum:
Herstellung und Verlag: BoD – Books on Demand, Norderstedt
Internet: klaus-dieter.budde@gmail.com
1. Auflage, August 2021
ISBN: 9783756294251

Buchbeschreibung:

Fiete, ein obdachloser mongoloider Junge, kiebitzt seit langer Zeit bei den Backgammonspielern in der Stadt, um das faszinierende Spiel zu erlernen. In einer dieser Nächte bekommt Fiete mit, wie mehrere Männer nach einer Prügelei einen Toten verladen. Obwohl er beunruhigt nach Hilfe sucht, nimmt ihn keiner ernst. Die Obdachlosen der Stadt sind erst gewarnt, nachdem der ein oder andere Kumpel verschwunden ist, halten sich aber der Polizei gegenüber bedeckt. Erst ein Leichenfund während der Mais-ernte offenbart, das Fiete mit seinen Erzählungen Recht hatte. Hauptkom-missar Heino Kleinemeier, der Leiter der Stader Mordkommission ermittelt mit seinem Team und erkennt nach langer Recherche, das es sich hier um eine Serie von heimtückischen Morden an den Obdachlosen der Stadt han-delt. Sie bieten all ihre Kraft auf um den Täter dingfest zu machen. Fiete unterstützt aus einer Notlage heraus auf seine Art die Ermittlungen. Die lange Hatz nach den Tätern und die Ermittlungen im Obdachlosenmilieu werden hier spannend erzählt.

Über den Autor:

Klaus-Dieter Budde, Jahrgang 1956, lebt mit seiner Ehefrau und Familien-hund Kimba im niedersächsischen Landkreis Stade. Die Stader Geest ist dem gebürtigen Ostwestfahlen ans Herz gewachsen. Backgammon ist sein zweiter Kriminalroman vom Ermittlerteam um Kriminalhauptkommissar Heino Kleinemeier. Er zeigt auf seine ganz eigene Art die Problematik der Obdachlosen auf. Budde der bereits als jugendlicher Kurzgeschichten schrieb, entschied sich, nach Abschluss seiner beruflichen Laufbahn, die Schreibarbeit wieder aufzunehmen. Seine Romane, Der Tote im Spargel-feld, Lupus caritate und Halsabschneider sind erfolgreiche Bücher. Mit seiner Affinität zur Region und der Ortskundigen Erzählweise, eroberte er in kurzer Zeit seine Fangemeinde. Budde ist nicht nur begeisterter Wande-rer, er betreibt auch die Hundesportart Dog-Trekking. Der Schutz der Umwelt, das Tierwohl sowie Nachhaltigkeit im täglichen Leben sind für ihn ein Selbstverständnis.

Inhaltsverzeichnis

Prolog

Fiete liebt es, durch die Gassen der Hansestadt Stade zu wandeln. Stade, ist eine Stadt in Niedersachsen. Mit über fünfzigtausend Einwohnern liegt sie am südwestlichen Ufer der Unterelbe. Am Rande der Stader Geest. Einer natürlichen Einheit im Norddeutschen Tiefland.

Was Fiete nicht kennt, ist die Stader Geest, sie ist ein Teil des Elbe-Weser-Dreiecks. Sie ist dünn besiedelt und durch Moore und sandige Böden geprägt. Die Landwirtschaft betreibt vorwiegend Viehzucht. Das Vieh hält man in monströsen Offenställen beim Milchvieh oder Massenzuchtanlagen in der Schweine- und Hähnchenmast. Im Übrigen baut man Kartoffeln und Spargel an. Windenergieanlagen prägen die Landschaft. Die hier zu einer Energielandschaft mutiert ist. Durch die biologische Energiegewinnung und die eingehauste Massentierhaltung Vermaist die Agrarfläche überproportional. Kostbare Weideflächen erfahren eine Wandlung in Ackerland für den Maisanbau.

Darüber hinaus ist die Hansestadt Teil der Metropolregion Hamburg und verfügt im Unterschied zum nahen Buxtehude, über einen eigenen Autobahnanschluss. Das hat für die wirtschaftliche Entwicklung der Region eine hohe Bedeutung.

Fiete macht sich darüber keine Gedanken, seit seine Eltern ihn vor Ewigkeiten im Kindesalter von zehn Jahren hier ausgesetzt haben, lebt er in dieser für ihn friedvollen Stadt und schlägt sich durchs Leben. Er wohnt auf der Straße, wurschtelt sich mit seinem kindlichen Charme durch die Jahre.

Seine Familie, das sind die Obdachlosen der Stadt. Gestrauchelte Existenzen, die ihn ehemals aufgenommen haben. Die Berberfreunde kümmern sich aufopferungsvoll um ihn. Sie unterrichten Fiete in den Teilen, die fürs Überleben auf der Straße maßgeblich sind.

Mit siebzehn Jahren und sieben Jahre Straßenerfahrung macht ihm niemand mehr was vor. Er ist ein heranwachsender Bursche der sein Leben selbstbestimmt im Untergrund der Hansestadt gestaltet. Trotz seiner Trisomie 21 ist was aus ihm geraten. Seine Eltern haben ihn zu früh aufgegeben.

Fiete grübelt kaum über sein Elternhaus, zu arg sind die Erinnerungen.

Seine neue Familie das sind: Manni, Paule, Hunde-Peter, und Käthe. Der Wilhelm mit Fjodor Michajlowitsch dem Russen und Albert haben ein inniges Verhältnis zu Fiete. Sie sind es die ihn in jenen Tagen zuerst gefunden und aufgepäppelt haben.

Kurzum Fiete kommt zurecht in der Stadt, er sammelt Pfandflaschen oder luchst den Touristen der Hansestadt mit seinem Charme die Euros aus der Tasche. Wenn er was übrig hat, gibt er gerne an die ab, die sich nicht mehr leichttun, wie der Hunde Peter, der sich in der letzten Zeit ausgiebig mit seiner Leberzirrhose herumplagt.

Kapitel 1

Fiete ist den ganzen Tag aufgeregt, heute ist Donnerstag. Das ist sein Tag. Da sieht er den Backgammonspielern bei ihrem Spiel zu. Um neunzehn Uhr ist es soweit, da kommen sie ins Café in der Sattelmacherstraße und spielen ihr Spiel.
Er schaut ihnen dabei zu, um dieses unterhaltsame Brettspiel zu erlernen.
Mit Albert einem ehemaligen Pädagogen, der ihm das Lesen und Schreiben lehrt, probiert Fiete den ein oder anderen Spielzug aus. Sie haben sich aus einem alten Karton und in Scheiben geschnittene Weinkorken ein eigenes Spiel gebastelt. Die Hälfte der korkigen Spielsteine hat Fiete mit einem Filzer, den er bei Waller in der Hansestraße stibitzt hat, mühsam angemalt.
Gegen achtzehn Uhr macht sich Fiete, der mit seinen obdachlosen Freunden den Nachmittag unter der Brücke bei der Skaterbahn verbracht hat, auf den Weg zum Café.

*

Cord Juskowiak ist auf dem Heimweg. Er hat Feierabend und freut sich auf den heutigen Abend mit seinen Freunden. Seit auf den Tag genau einem Jahr, treffen sie sich im Café zum Backgammon. Das Beabsichtigen sie tüchtig zu feiern.
Cord hat lange mit dem Schichtleiter verhandelt, nach langatmiger Debatte hat er für morgen freibekommen. In Apensen seinem Heimatort erfrischt er sich kurz, trinkt einen kräftigen Kaffee und begibt sich auf den Weg nach Stade. Cord schaut in den Rückblickspiegel, um seine Frisur zu

prüfen, er ist zufrieden mit dem, was er sieht. Mit seinen zweiunddreißig Jahren, der blonden mit Gel gestylten Kurzhaarfrisur und der coolen Sonnenbrille, gefällt er sich. Er parkt nach dem Tanken am Stader Hafen und bummelt zu Fuß ins Café.

*

Helmer Wilbau ist ein Partylöwe, das macht ihn aus. Er steht in seinem Bad vor dem mannshohen Spiegel und bestaunt sich. Er beugt sich nach vorn und bürstet seine langen braunen Haare kräftig aus. Der Schornsteinfegergeselle achtet darauf, nicht ungepflegt herumzulaufen. Er hat in der Feierszene einen Ruf zu verlieren. Rasch den Dreitagebart mit einem Pflegeöl behandeln, die Matte mit einem Gummiband bändigen und los geht es.

Helmer ist spät, er beeilt sich, seine Freunde warten auf ihn im Café zum Backgammon. Mit dem KVG-Bus fährt er in die Stadt, von Wiepenkathen ist er ratzfatz in der Innenstadt. Er benutzt oft die Öffies, wenn er Party macht, und das strebten sie heute Abend an. Am Pferdemarkt steigt er aus und latscht in aller Seelenruhe zum Café.

*

Malte Caskorb sitzt relaxt beim Barbier in Buxtehude in der Viverstraße, wie er im Spiegel die Uhr erblickt.
«Was siebzehn Uhr dreißig?», fragt er den Barber, der dabei ist seinen Vollbart in Form zu bringen.
«Ja die Uhr stimmt.»
«Mach hin! Ich habe heute Abend einen bedeutungsvollen

Termin», drängt Malte.

Der Barbier formt den Bart, einen sogenannten Duck-Tail, unter Beimengung von verschiedenen Wachsen zu Ende. Stylt die kurzen schwarzen Haare, die mit einem Undercut soldatisch gestaltet sind, entfernt den Haarschneideumhang und schaut sich sein Werk von allen Seiten an.

«Fertig!», sagt er und schreitet zur Kasse.

Malte zahlt den geforderten Betrag und macht sich auf den Weg nach Stade. Er fährt mit der Bahn, da er Student am Composite Campus in der Hansestadt ist, hat er geringes Geld zur Verfügung.

Malte absolviert ein Studium zum Verbundwerkstoffe / Komposit (Master of Science), steckt mitten in der Hochschulausbildung. Es ist anspruchsvoller, wie er sich das vorgestellt hat. Malte, der ohne jeden Zweifel ein Hektiker ist, macht es sich schwer mit dem Lehrstoff.

Am Stader Bahnhof springt er leichtfüßig aus dem Zug und eilt zum Café, um seine Freunde zu treffen.

*

Fiete steht seit geraumer Zeit im Nahbereich des Cafés und beobachtet den Eingang. Bisher sind die Backgammonspieler nicht eingetroffen. Sie sind spät dran.

Fiete schaut auf seine alte Armbanduhr und setzt sich auf den Sims des Schaufensters gegenüber dem Café.

Der mit dem Vollbart erscheint zuerst, kurz darauf folgen der Langhaarige und der Muskelmann, wie Fiete sie nennt.

Sie begrüßen sich ausgelassen und betreten das Café.

Die Bedienung entfernt das Reservierungskärtchen vom Tisch

und die drei setzen sich an ihren Stammtisch direkt vor das Fenster mit den Butzenscheiben.

Sie bestellen sich ihre Drinks und sprechen lachend miteinander. Später bringt die Bedienung das Spiel und der Langhaarige baut das Brettspiel auf.

Fiete steht an einem der Butzenfenster und schaut lernwillig hinein. Für ihn ist es enorm von Belang, dass er den Spielaufbau mitbekommt.

«Der Mogli drückt sich wieder die Nase an der Scheibe platt», bemerkt Cord, derweil er den Spielaufbau beobachtet.

Er schaut in der ersten Runde zu, das praktizieren sie jeden Spieleabend, in der nächsten Partie spielt er gegen den Gewinner.

«Ach lass ihn gucken», sagt Malte und handelt das mit einer beschwichtigenden Handbewegung ab.

Malte und Helmer konzentrieren sich auf das Brett und beschäftigten sich mit ihrer Anfangsaufstellung. Das Spielbrett besteht aus 24 Dreiecken, Zungen genannt, jeweils 12 auf einer Seite. Zwischen der 6. und 7. Zunge auf jeder Seite sind die Zungen durch die sogenannte Bar in ein Heimfeld und das Außenfeld aufgeteilt. Sie spielen mit 15 weißen und 15 schwarzen Steinen, deren Aufstellung fest vorgegeben ist. Auf der jeweils ersten Zunge liegen zwei Steine, auf der in Spielrichtung liegenden 12. Zunge jeweils fünf, auf der 17. Zunge jeweils drei und auf der 19. Zunge wieder jeweils fünf Steine. Die Position des Gegenspielers ergibt sich daraus, wo der erste anfängt. Zur Bestimmung des Spielers, der anfängt, wirft jeder Spieler einen seiner Würfel in die von ihm aus gesehen rechte Hälfte des Spielbretts. Haben beide Spieler die gleiche Zahl geworfen, wiederholen beide den Wurf.

Der Spieler, der die höhere Zahl geworfen hat, fängt an.
Gewürfelt wird mit zwei sechsseitigen Würfeln.

Fiete kennt das, der Beginn ist bei Malte prinzipiell derselbe,
seine Spielzüge sind je nach Gegner verschieden schwer zu
durchschauen.
Fiete skizziert sich auf einer grauen Pappe, die er aus einem
Karton herausgerissen hat, Zeichnungen der Spielreihenfolge,
um diese später mit Albert nachzuspielen. Das ist ein richtiger
Sport der beiden, den durchgängig Fiete gewinnt, da er ja den
Gewinner kennt.
Er hat mit Unterstützung von Albert ein Jahr benötigt, um das
Backgammonspiel zu kapieren. Mit Trisomie 21 ist es
problematisch komplexe Vorgänge zu durchblicken, umso
mehr freut er sich für jede Verbesserung. Sein Wunsch ist es,
in absehbarer Zeit mit den Jungs im Café Backgammon zu
spielen, dafür trainiert er täglich seinen Kopf.

Backgammon war früher ein Spiel des Adels und der höheren
Gesellschaft. Prominente aus der High Society, die dem
Würfelspiel verfallen waren, sowie Medienberichte trugen
wesentlich zur Popularisierung des Brettspiels bei.
Die intensive Beschäftigung mit dem Spiel führte dazu, das
erste analytische Bücher im Umlauf waren. 1967 in Las Vegas
veranstaltete man die erste Backgammonweltmeisterschaft.
Der Weltmeister hieß Tim Holland.

*

Die Stader Backgammonspieler haben sich über das Internet
beim Onlinebackgammon kennengelernt. Das Spiel später
lieber manuell weitergespielt. Die Atmosphäre in Anwesenheit

des Gegners zu gamen, ist was anderes, wie via Internet.
Obwohl das Backgammonspiel im World Wide Web einen
deutlichen Zuwachs an Beliebtheit erfährt.
Nachdem Malte das erste Spiel verloren hat, zocken
gegenwärtig Helmer gegen Cord. Der würfelt eine Sechs und
eröffnet. Cord setzt seine Steine getreu den gewürfelten
Augenzahlen. Die Augenzahlen addiert man nicht, sondern
setzt sie einzeln. Er platziert sie mit ein und demselben Stein.
Das ist ein zulässiger Zug.
Die Spielsteine bewegen sich vom Feld des Gegners aus über
das Außenfeld zum eigenen Heimfeld. Die Steine werden auf
die Sektoren gesetzt, die offen sind und auf denen nicht mehr
wie ein gegnerischer Stein liegt.
Felder, die mit zwei oder mehr feindlichen Steinen besetzt
sind, darf man mit den eigenen Spielsteinen nicht benutzen.

«Heute bin ich nicht ganz so genial drauf», stöhnt Cord und
führt sein Glas zum Mund.
«Ja das geht mir genauso», antwortet Malte.
«Ich habe heute meine Zwischenprüfung um Haaresbreite
versemmelt. Im letzten Moment, kurz vor der Abgabe der
Unterlagen, habe ich es bemerkt und noch korrigiert.»
«Lasst uns für heute aufhören, es ist an der Zeit das, wir das
Einjährige ins Auge fassen und feiern. Oder habt Ihr das
Vergessen?», schlägt Helmer vor.
Seine Spielpartner beenden das Spiel und gemeinsam
begeben sie sich auf den Weg ins Fiddlers Green, einem Irish
Pub am Pferdemarkt.
Fiete ist geknickt, kaum hat das Backgammonspiel

angefangen, ist es wieder zu Ende. Er flitzt zurück zu seinen Freunden, die sich zu dieser Zeit auf der Mauer am Zeughaus aufhalten.

«Na ist der Spieleabend aus?», fragt Albert ihn und schaut sich die Aufzeichnungen an, die Fiete ihm wortlos hinhält.

«Zwei Spiele, was war denn los?», hakt Albert erstaunt nach.

«Ich habe keinen blassen Schimmer, die sind früh rüber gewechselt in den Pub am Pferdemarkt», berichtet Fiete.

Die Stadtstreicher sitzen an diesem Abend lange am Zeughaus. Wie sich erste Anwohner über den Lärm beschweren und die Polizei Platzverweise ausspricht, verlassen die Obdachlosen den Pferdemarkt. Fiete ist nicht Müde und bummelt durch die laue Nacht. Er sammelt Flaschen, später spaziert er zum Johanniskloster, um seinen Schlafplatz aufzusuchen.

Nachdem er seinen Schlafsack aus dem Versteck geholt hat, kramt er seine Tabletten hervor und schluckt sie in der von seinem Doktor vorgeschriebenen Reihenfolge ein.

Fiete hat einen Herzfehler. Das kommt bei der Hälfte aller Menschen mit dem Downsyndrom vor. Fietes Herzfehlbildung ist der sogenannte atrioventrikuläre-Kanal. Das ist ein Scheidewanddefekt zwischen den Herzvorhöfen und den Herzkammern. Er verursacht Atemnot, Wachstumsstörungen und oft Lungenentzündungen. Fiete hat ebenso, wie viele der mit Trisomie 21 betroffenen, Fehlbildungen im Magen-Darm-Trakt. Kleine Verengungen im Dünndarm, hierfür hat er Tropfen, die den Verdauungsprozess unterstützen. Sein Immunsystem ist unterentwickelt, daher ist Fiete anfällig für Infektionen. Vorzugsweise im Atemwegssystem. Das ist einer der Gründe, weshalb er vom DRK, einen dicken

Daunenschlafsack mit einer zusätzlichen undurchlässigen Oberhaut erhalten hat.

Fiete legt sich, nachdem er die Pillen mit Mineralwasser heruntergespült hat, auf eine Bank an der Klostermauer. Er betet, bevor er einschläft zum lieben Gott. Nicht das er dem Herrgott vertraut. Der hat ja zugelassen, dass ihn seine Eltern ausgesetzt haben. Nein er wendet sich an Gott, weil er befürchtet, dass er durch seine nächtliche Atemnot gefährdet ist, und hofft, dass Gott ein Auge auf ihn wirft.

Durch sein Handicap leidet Fiete unter einer schlafbezogenen Atmungsstörung, er schnarcht unüberhörbar, das rührt daher, dass die oberen Atemwege im Schlaf erschlaffen und sich verengen. Das hat kurze Atemaussetzer zur Folge.
Die Sauerstoffsättigung im Blut sackt dabei ab. Fiete wird durch einen natürlichen Impuls geweckt, schläft normalerweise wieder ein und erinnert sich am nächsten Tag nicht. Aus diesem Grund ist Fiete tagsüber oft müde.

*

In der Nacht wird Fiete trotz seines bescheidenen Gehörs durch überlaute Stimmen geweckt. Er horcht geraume Zeit den Stimmen nach und schält sich langsam aus dem Schlafsack. Er schleicht sich voller Neugier an die Streithähne heran. Hinter einer mit Efeu umrankten Gartenmauer hockt er sich in Deckung und beobachtet, was dort vor ihm passiert. An der Burgbastion, einem schmalen unbeleuchteten Fußweg sieht er, wie drei Kerle wankend einen vierten davontragen, der sternhagelvoll scheint. Am Ende des Weges, beim alten Steakhouse, legen sie den besoffenen ab und warten, bis ein

Auto vorfährt. Später laden sie den Kerl in den Kofferraum.
Fiete stutzt, wenn die den in den Kofferraum legen, ist der
nicht betrunken.
Der ist tot! Reflektiert Fiete und rennt zurück zu seinem
Schlafplatz. An Einschlafen ist nicht zu denken, zu aufgewühlt
ist sein Inneres. Fiete entschließt sich, herumzubummeln, um
sich in der vertrauten Stadt abzulenken.
In zwei Stunden ist es Tag, da ist der Spuk vorbei, hofft Fiete.
Am frühen Morgen ist ihm klar, dass er das Gesehene meldet.
Er spricht verschiedene Passanten an, die ihn mitleidig
betrachten und ihres Weges gehen. Fiete versucht es weiter,
er hat die Hoffnung, dass ihm jemand zuhört und die Polizei
benachrichtigt.

*

In der Nacht feiern die drei Backgammonspieler Malte,
Helmer und Cord zuerst im Fiddlers-Green, später streifen sie
enorm angetrunken durch die Innenstadt, kehren überall auf
einen Drink ein, um sich ordentlich zu besaufen. Auf ihrem
Weg durch das Nachtleben der City, werden sie hin und
wieder von obdachlosen Bettlern angequatscht.
«Haste ne Kippe?» Oder - «Gib mir nen Euro für Essen.»
Helmer nervt das geraume Zeit, wie er sagt. Je mehr Alkohol
im Spiel ist, verhält er sich gegenüber den Pennern, wie er die
Stadtstreicher abfällig nennt, zunehmend rabiater.
«Helmer, lass stecken, die haben echt nichts, die kämpfen ums
Überleben!», versucht Malte ihn zu beschwichtigen.
Helmer pöbelt unbeirrt weiter. Später, es ist gegen halb drei.
Auf dem Weg zum Hafen, in Höhe der Aussichtsplattform
Stadthafen, stößt das Trio wieder auf einen Obdachlosen.

Helmer rastet sofort aus, obwohl der Herumstreicher dort weiter nichts anrichtet, wie in einer Ecke zu stehen, um zu urinieren. Helmer drischt ihn mit roher Gewalt um.

«Helmer!», ruft Malte und versucht, ihn mit einem Griff an die Jacke zurückzuhalten.

Helmer prügelt auf den Gestürzten ein, ja soeben tritt er ihn mit voller Absicht in den Bauch. Der Obdachlose ruft wimmernd um Hilfe. Malte und Cord stehen fassungslos daneben. Sie begreifen in ihrer Trunkenheit nicht, was da in diesem Augenblick vor ihren Augen geschieht.

Helmer ist von Sinnen, wiederkehrend tritt er an den Kopf des Stadtstreichers, bis dieser keinen Laut mehr von sich gibt.

«Was hast du Idiot angestellt? Du kannst den Berber nicht ohne Weiteres umhauen!», Malte ist aufgebracht.

Unterdessen hat sich Cord zu dem zusammengetretenen Obdachlosen heruntergebeugt, um sich die Verletzungen anzuschauen. Bestürzt steht er auf.

«Der ist tot!», sagt er im Flüsterton.

«Was?? Das war ich nicht!», plärrt Helmer los, der sich wieder beruhigt hat.

«Komm, wir bringen ihn hier weg!», raunzt Cord und greift dem Obdachlosen unter die Arme, Helmer erfasst die Füße. Malte bewegt sich vorneweg und sichert den Transport des Toten ab. An einer Buschgruppe an der Burgbastion, neben dem leer stehenden ehemaligen Steakhouse legen sie ihn vorerst ab. Cord rennt zum Parkplatz am Hafen und holt seinen Wagen, der dort mutterseelenallein auf dem Parkgrund steht. Eilig schaffen sie den Toten in den Kofferraum und brausen davon.

Jörg Merkens ist mit seinem arbeitslosen Bruder Heiko auf dem Rückweg von der Agentur für Arbeit. Sie trotten den Hagedorn hinauf, wie sie kurz vor der Messerschmiede ein verwirrter Jugendlicher anspricht.

«Hallo da Toter!», brabbelt er undeutlich vor sich hin und zeigt in Richtung zum Gebäude des Wochenblattes.

Jörg hockt sich nieder und schaut sich den Jungen an.

Sein Bruder fasst ihn an die Schulter und sagt: «Das ist ein mongoloid, dem kannst du nicht helfen, der spinnt!»

Jörg steht auf und starrt seinen Bruder erbost an.

«Selbst wenn der Junge äußerlich betrachtet an der Trisomie 21 leidet, hat er ein Recht darauf, das man ihm hilft, wenn er in Not ist!», macht er seinem Bruder klar.

«Wie heißt du denn?», wendet er sich wieder dem Jugendlichen zu.

«Fiete!», antwortet dieser verdruckst.

«Was ist, passiert Fiete?», fragt Jörg behutsam nach.

«Betrunkene Kerle, toter weggeschleppt!»

Der Bursche bringt nur Bruchstücke hervor, die durch sein Nuscheln schwer verständlich sind.

«Hallo, was treiben Sie da mit dem Jungen?», ruft unvermittelt eine aufgeregte Stimme.

Eine männliche Person kommt auf sie zugelaufen, sorgt sich um den Jungen. Jörg stellt sich vor: «Kriminalkommissar Merkens!», sagt er und zeigt dem verblüfften Herrn seinen Dienstausweis.

«Das ist Fiete, einer von uns, der ist durcheinander», berichtet der Herr, der sich als Albert Michelsen ausweist.

«Einer von Euch? Wie sehe ich das?», fragt Jörg nach.
«Wir sind eine Gruppe von Obdachlosen und kümmern uns seit Jahren um den Jungen, den seine Familie ausgestoßen hat», berichtet der Herr, der einen gebildeten Eindruck erweckt.
«Ok, übernehmen Sie ihn wieder in Ihre Obhut und passen Sie besser auf den Jungen auf. Der ist in hohem Grade verwirrt.»
Jörg gibt dem Herrn seinen Personalausweis zurück und eilt mit seinem Bruder davon. Mit seiner braunen abgewetzten Cordhose der schnuddeligen Schimanski-Jacke und den ausgelatschten Sneakers sieht Jörg Merkens nicht wie ein Kriminalkommissar aus. In seinem Team bei der Mordkommission ist er dessen ungeachtet einer der Leistungsträger.

Er bringt seinen Bruder nach Hause in die gemeinsame Wohnung am Spiegelberg und freut sich auf seinen freien Tag. Sein Bruder hatte keinen Erfolg bei der Agentur für Arbeit. Ein Langzeitarbeitsloser ist schwer zu vermitteln, hat die Sachbearbeiterin ihnen erklärt. Heiko, sein Bruder ist nicht der Zeitgenosse, der die Arbeit sucht, deswegen ist Jörg zusammen mit ihm zur Arbeitsagentur getippelt. Heiko liegt ihm seit einem Jahr auf der Tasche, damit ist hoffentlich bald Schluss.

*

Am nächsten Morgen ist Cord Juskowiak früh unterwegs, er steht an der Waschanlage an der Altländer Straße in Stade an. Sein Fahrzeug bedarf einer gründlichen Reinigung. In der Nacht sind sie über einen Acker gefahren, um den Leichnam zu verstecken. Den Kofferraum hat er daheim bereits ordentlich geschrubbt. Cord ist die Ruhe weg, er ist sich sicher, dass man sie in der Nacht nicht beobachtet hat. Den Toten vermisst niemand, außer seine Saufkumpane und die sind eh unglaubwürdig. Die Backgammonspieler haben untereinander Stillschweigen vereinbart. Besprechen alles Weitere am nächsten Donnerstag beim Backgammon.

Ein bisschen sorgt er sich um Malte Caskorb, der steckt das nicht im Handumdrehen weg. *Auf den geben wir besser acht,* sinnt er nach und ledert den Wagen auf einem Abstellplatz ab.

*

Tage später, Fiete hat sich wieder beruhigt. Er ist mit Albert Michelsen, zu Mittag zur Stader Tafel, in das evangelische Gemeindehaus der Markus Gemeinde im Lerchenweg geeilt. Die Stader Tafel ist eine anerkannte Tafel. Ist Mitglied des Landes- und Bundesverbandes der Tafeln.

Die Tafel sammelt Lebensmittel, die über den Handel nicht mehr vertrieben werden, und gibt diese an bedürftige Menschen, gegen einen geringen Kostenbeitrag weiter. Heute am Mittwoch um 13:30 Uhr ist hier Ausgabe. Sie erhalten eine Menge für ihr spärliches Geld. Fiete der einen Tafelausweis besitzt, futtert unterwegs die Bananen weg. Zusätzlich haben sie Toastbrot und Käse erhalten, das verzehren sie später im Park am Burggraben. Fiete macht sich den ganzen Tag einen Kopf, ob er morgen Abend wieder zum Backgammon aufbricht. Wenn er darüber nachsinnt, hat er ein mulmiges Gefühl im Bauch, Fiete kapiert nicht warum und das macht ihm Sorgen.

Albert und Fjodor Michajlowitsch stehen zusammen und unterhalten sich kaum vernehmlich, damit Fiete es nicht mitbekommt.

«Ich mach mir Sorgen», sagt Fjodor Michajlowitsch, «habe Wilhelm Rüter seit einer Woche nicht gesehen und nichts von ihm gehört.»

«Ja ich vermisse ihn ebenfalls», sagt Albert, den sie auf der Straße den Professor nennen, da er eine pädagogische Ausbildung hat.

«Geben wir eine Vermisstenanzeige auf?», fragt Fjodor behutsam nach.

«Da halte ich nichts davon! Die Bullerei macht da wieder Unruhe in unseren Reihen, das war bei der letzten Vermisstenmeldung genauso. Herausgekommen ist dabei nichts.»

Albert hat üble Erfahrungen mit der Polizei, war oft wegen mickriger Delikte im Gewahrsam.

«Ok, wie es scheint, ist Wilhelm kurz untergetaucht», antwortet Fjodor Michajlowitsch.

Er glaubt für sich nicht daran. *Was solls, ich betrachte zuerst mich,* wertet er und begibt sich zu den anderen Obdachlosen.

*

Malte Caskorb sitzt im Hörsaal am Composite-Campus in Stade und grübelt. Er hört lange nicht mehr hin, was der vortragende Referent berichtet.

Malte ist in Gedanken bei dem brutalen Verhalten seines Freundes. Er begreift nicht, was seinen Kumpel da geritten hat. Nachdem sie am Morgen die Leiche auf einem Acker vergraben hatten, versprachen sie sich, mit niemanden darüber zu reden. Malte fällt das schwer, er strebt an sich austauschen, und die Sache durchzusprechen.

Seine Freunde blocken jedes Gespräch ab und beabsichtigten erst wie abgesprochen am nächsten Spielabend darüber zu reden. Malte ist zunächst entrüstet, beruhigt sich wieder. Vorerst ist das Studium sein Schwerpunkt, im Ergebnis wünscht er sich, seinen Master in der restlichen Zeit fertigzumachen. Der Referent schlägt seine Unterlagen zu und verlässt den Hörsaal. *Supertoll,* sinniert Malte, *ich habe partout nicht mitbekommen, was der vorgetragen hat.*

*

Zwei Wochen später, Fiete ist in der Hökerstraße unterwegs, um Pfandflaschen zu sammeln. Der Alltag hat ihn wieder, über die fürchterliche Nacht grübelt er lange nicht mehr nach. Fiete ist genug damit beschäftigt, seinen Lebensunterhalt zu organisieren. Sein Leergut bringt er zu Rewe in der steilen Straße. Es ist schwierig zur Zeit, das Leergut in der Innenstadt abzugeben. Die Geschäfte dulden keine Obdachlosen und haben Wachdienste vor ihrer Tür postiert, die den Zugang verweigern.

Fiete ist die Ausnahme, er hat mit seiner Trisomie 21 Narrenfreiheit und man lässt ihn überall hinein. Mit dem Pfandgeld kauft Fiete sich gleich was zum Essen ein und eine Tafel Schokolade. Die Schoko ist nicht für ihn, sondern ein Geschenk für den sterbenskranken Freund Fjodor Michajlowitsch, der sich in einem leer stehenden Haus in der Bungen Straße verkrochen hat.

Fjodor hat schwere Detox Symptome, wie Schwindel- und

Schwächeanfälle sowie schmerzhafte Blähungen. Die bei körperlich abhängigen Alkoholikern wie Fjodor oft im Endstadium des Alkoholismus auftreten. Obwohl Alkohol giftig für seinen Körper war, hat das abrupte Beenden des Trinkens, schwere Schäden in seinem Körper angerichtet.

Fiete hat Kenntnis von den anderen Obdachlosen, dass es mit Fjodor bald zu Ende ist. Er hat sich totgesoffen, war die Antwort auf seine Frage nach dem warum.

Fjodor freut sich über die Schokolade und isst sie mit einem verschmitzten Lächeln auf. Fiete schaut sich verstohlen den Schlafplatz von Fjodor an, alles ist dreckig und verwahrlost, Erbrochenes gammelt unweit der Schlafpappe auf dem alten Parkettboden. Sogar seine Notdurft hat Fjodor hier verrichtet. Fiete sieht darüber hinweg. Der Russe war einer der Ersten, der ihm einstens geholfen hat. Es ist für Fiete naheliegend, dass er sich um Fjodor kümmert.

Die anderen haben Abstand genommen, kommen nie hier vorbei. Fiete versucht, wenigstens einmal am Tag vorbeizuschauen.

*

Helmer Wilbau steht auf einem Dach in Frankenmoor und schaut über die enormen Maisflächen, die durch das feuchte Wetter in den letzten Wochen ordentlich gewachsen sind. Helmer vermag nicht zu sagen, was er davon halten soll, er ist für eine ökologische, umweltfreundliche, Immissionsfreie Umwelt. Zum anderen sieht er, wie die exzessive Landwirtschaft den natürlichen Lebensraum zahlreicher Tierarten zerstört. Wo er hinschaut von seinem Dach, überall stehen Windkraftanlagen und Biogasanlagen umgeben von

Mais-Labyrinthen. Helmer Wilbau schüttelt den Kopf und kehrt seinen Kamin zu Ende. Er steigt die Dachsteige hinunter und verlässt das Dach durch eine Dachluke.
Helmer beeilt sich, heute ist wieder Backgammonabend im Café in der Sattelmacherstraße.

Auf der Heimfahrt passiert er die Stelle, wo sie den Obdachlosen verscharrt haben. Helmer schaut flüchtig hin und schaltet das Radio ein. Es ist nichts mehr zu sehen. Die tiefen Fahrspuren, die sie in den aufgeweichten Boden gefahren haben, sind durch das Regenwetter und die Vegetation verschwunden. Mit einer Dusche und einem coolen Drink, gehts mir besser, freut er sich auf zu Hause.

Nach dem kühlen Nass bereitet er sich einen, Berliner Brandstifter dry Gin zu. Helmer schüttet sich 5 cl Gin und 15 cl Thomas Henry Tonicwater ins Glas. Ferner gibt er Eiswürfel und einen Hauch Zitronenzeste dabei. Er lehnt sich in seinem bequemen Fernsehsessel zurück und genießt den Drink.
Der eigenständige Charakter des Gins wird abgerundet durch typische Berliner Anklänge von Holunderblüten. Daneben schmeicheln Malvenblüten, Waldmeister und frische Zitrone den Gaumen. Alle Botanicals sind regional angebaut, von Hand gepflückt und hochwertig verarbeitet.
Die Produktion des Berliner Brandstifters ist limitiert. Helmer hat, da er Gin Kenner ist, einen Tipp erhalten, dass der Berliner Brandstifter ein auserlesenes Produkt sei.
Er ist voller Leidenschaft, der Tipp war ausgezeichnet.
Nachdem er ausgetrunken hat, schlüpft er aus seinen Bademantel und richtet sich für den Spieleabend her.

*

Neunzehn Uhr, Fiete sitzt gegenüber dem Café auf dem
Fenstersims eines Schaufensters und wartet auf die
Backgammonspieler. Er hat sich nach langem Ringen
entschieden, den Spielern weiter zuzuschauen. Fiete vermag
nicht zu sagen, warum er ein ungutes Gefühl dabei hat, und
verdrängt es nahezu.
Nach und nach trudeln die Spieler ein. Fiete beobachtet durch
eines der Butzenfenster das Geschehen im Café. Er bemerkt,
dass die Stimmung untereinander bei den Spielern heute nicht
so heiter ist. Bevor sie anfangen, diskutieren sie lange Zeit
emotional erregt miteinander. Fiete hat den Eindruck das,
zwei Spieler versuchen, den bärtigen von irgendetwas zu
überzeugen.

Dann fängt das Spiel an. Der Langhaarige baut die Partie auf
und spielt zuerst gegen den Bärtigen. Wenig später hat der
Bärtige alle Steine abgetragen. Der Langhaarige hat zu diesem
Zeitpunkt nur ein paar Steine herausgewürfelt. Er verliert das
Spiel Einfach.
«Single game», sagt der Bartträger und strahlt.
Die Akteure wechseln, gegenwärtig schaut der Langhaarige zu.
«Backgammon», ruft der bärtige und haut sich auf die
Schenkel, er hat heute einen Lauf.
Sein Gegner hat wenige Steine herausgewürfelt und auf der
Bar, liegt ein Spielstein, somit zählt das Spiel dreifach.
Fiete verfolgt den Spieleabend mit stoischer Neugier, tätigt
wieder Aufzeichnungen auf seiner Pappe, heute ist ein
fesselnder Spieleabend. Der Bärtige zieht seine Mitspieler
buchstäblich ab. Nach zwei Stunden ist Schluss.

Nachdem die Spieler bezahlt haben, verlassen sie das Café und trennen sich entgegen ihrer sonstigen Routine wortlos.

Fiete eilt zum Professor und zeigt ihm seine Aufzeichnungen. Der Akademiker schaut sich die Spielzüge an und stellt lapidar fest: «Die haben den einen Mitspieler gewinnen lassen.»
Fiete schaut ihn fragend an.
«Hier schau da hat er eine Sechs gewürfelt und eine Vier gesetzt. Oder hast du dich vertan?», fragt er Fiete.
Der ist entrüstet, seine Aufzeichnungen stimmen. Energisch schüttelt er den Kopf. Sie spielen die Spiele alle nach und stellen fest, jedes Spiel ward zugunsten des Bärtigen verloren.

*

Ein paar Tage später ist Fiete wieder auf dem Weg in die Bungen Straße, er bringt Fjodor Michajlowitsch was zum Essen. Am Mittag war er bei der Stader Tafel und hat Joghurt mitbekommen, der wird er seinem alkoholkranken Freund guttun. Wie er die leere Wohnung betritt, merkt er gleich das, was nicht stimmt. Die persönlichen Sachen von Fjodor und sein Rewe-Einkaufswagen, mit dem er unterwegs war, sind verschwunden.
Fiete überlegt kurz: *Ist Fjodor Michajlowitsch auf Trebe und stromert durch die Stadt, oder ist es ihm elend und er hat sich in seinem Leid verkrochen?* Geschwind rennt Fiete zu seinen obdachlosen Freunden.
«Hört, der Fjodor ist verschwunden, hat von euch jemand eine Ahnung, wo er ist?», ruft er aufgeregt in die Gruppe, die um diese Zeit vorm Zeughaus herumlungert.
Seine Freunde schütteln den Kopf. Einer mutmaßt, dass Fjodor

in seine Heimat zurück sei, weil er sterbenskrank ist. Gemeinsam beschließen sie, dass sie nach Fjodor Michajlowitsch suchen. Den ganzen Nachmittag durchstöbern sie die infrage kommenden Objekte und einschlägigen Verstecke. Nirgends ist Fjodor zu finden. Am Abend stellen sie die gemeinschaftliche Suche ein. Einzig Fiete und der Professor beschließen, weiter die Augen offen zu halten.

*

Cord Juskowiak liegt in seiner Werkstatt unterm Auto und wechselt die Antriebswellen seines Wagens, einem VW-Scirocco R 2,0 TSI mit 206 kW. Er ist soeben dabei die 30er Mutter mit einem Schlagschrauber zu lösen, als sein Smartphone vibriert. Helmer meldet sich, er beabsichtigt dringend was zu besprechen. Cord bittet ihn, vorbeizukommen, da er im Moment nicht mobil ist. Helmer ist das Recht und sie verabreden sich für den frühen Abend. Cord schraubt weiter an seinem Sportwagen herum. Das Fahrzeug hat er vor Kurzem gekauft, gebraucht und in Gestalt eines Unfallwagens. Neu kann er sich den Wagen nicht leisten.

Den Unfallschaden hat er mithilfe eines Arbeitskollegen zuerst beseitigt, im Augenblick ist er dabei die Verschleißteile nach und nach zu erneuern. Sein Geldbeutel ist für diese Zwecke vorzüglich gefüllt, dafür gönnt er sich sonst nichts.

Er löst die Welle mit einem 8er Vielzahnschlüssel und versucht die Antriebswelle, herauszunehmen.

An irgendeiner Stelle hakt es. Cord löst den Querlenker etwas und schon gehts voran. Die andere Seite funktioniert problemlos. Mit 45Nm zieht er die Vielzahnschraube mit einem Drehmomentschlüssel wieder an und befestigt den Querlenker. Die 30er zieht Cord mit 210Nm an, dafür hat er sich extra einen Drehmomentschlüssel ausgeliehen, denn bei seinem Schlüssel ist bei 175 Nm Schluss.

«Moin», grüßt ihn Helmer aufgekratzt, wie er in die Werkstatt kommt.
«Moin, moin», antwortet Cord und schaut erstaunt auf.
«Ist es schon sechs? Ich habe beim Schrauben die Zeit vergessen», entschuldigt er sich bei Helmer.
«Macht nichts, wenn du ein Bier hast, warte ich gern», antwortet Helmer und setzt sich auf eine Kiste, die in der Werkstatt herumsteht.
Cord reicht ein Bier herüber und prostet ihm zu.
«Bin gleich soweit, fahr den Wagen just herunter», sagt er und fährt die Hebebühne herab.
«Sieht ja direkt aus wie ein Sportwagen, wann ist das Projekt Scirocco denn beendet?»
«Weiterhin ein paar Anbauten und lackieren, dann fängt die Rally an!», Cord steht prätentiös vor seinem Auto und streicht sanft mit der Hand über das Fahrzeugdach.
«Das ist deine Affäre!», flachst Helmer und gemeinsam trotten sie hinüber ins Haus.
«Ja genauso ist es, dafür arbeite ich», sagt Cord und lässt Helmer den Vortritt in die Wohnung.

Cord macht sich im Bad Frisch, derweil schaut sich Helmer im Sofa sitzend eine Motorsportzeitschrift an. Später am Abend nach dem Austausch der üblichen Floskeln, kommt Cord zum eigentlichen Grund von Helmers Besuch.

«Ich habe vor mit dir über diese Nacht zu sprechen. Was hast du empfunden, wie wir den Toten begruben, hat dich das berührt, oder war es dir wie mir?»

«Wie hast du es konkret aufgenommen?», hakt Helmer nach, dem es nicht gefällt das, Cord das Thema zuerst anspricht.

«Ich habe empfunden, das unterm Strich einer weniger in der Stadt ist, der dem Steuerzahler auf der Tasche liegt.»

Helmer ist erstaunt, dass Cord offen darüber spricht.

«Das sehe ich ähnlich. Du siehst ja, da hat niemand nachgefragt, keine Person vermisst diese Menschen.»

Helmer ist in seinem Element. Die ganze Nacht sprechen sie über den Mord und ihr Innenleben, das nicht mit der Gefühlswelt eines normaldenkenden Demokraten übereinstimmt, sich für sie beide ungeachtet dessen angemessen anfühlt.

«Wie handhaben wir Malte, der ist zu zartbesaitet für solche Aktionen?», fragt Cord nach.

«Den habe ich im Auge, der hält die Füße still», sagt Helmer.

Sie verabreden sich für die nächsten Tage für eine Aktion, wie sie es nennen. Helmer fährt zufrieden nach Hause, das Gespräch verlief besser, wie er erdacht hatte.

Das, Cord mitmacht, ist für ihn eine Überraschung.

Frohgelaunt steuert er in die Garage.

Kapitel 2

Tagelange Regenfälle bereiten es den Obdachlosen schwer.
Bei dem Wetter sind kaum Touristen in der Stadt, es entfällt
die zuverlässige Geldeinnahme durch Pfandflaschen und die
Bettelei bringt bei dem Wetter nichts ein.
Fiete ist plietsch und hat für sich einen Weg gefunden, wie er
den einzelnen Menschen, die bei diesem Wetter unterwegs
sind, die Euros abluchst.
Er sitzt im Durchgang am Bahnhof und geleitet jeden, der
durch die automatische Tür schreitet, pantomimisch hinaus.
Für diesen Spaß sind die meisten bereit, ihm ein paar Cent zu
spenden. Mit einem galanten Diener und einem breiten
Lächeln bedankt er sich für die Gabe und widmet sich dem
nächsten Fahrgast.
Er hat am Abend an die dreißig Euro zusammen, die er mit
den anderen, die kein Glück hatten, brüderlich teilt.

Trotz des Regens eilt er zum Café in die Sattelmacherstraße,
um den Backgammonspielern wieder zuzuschauen. Fiete sitzt
wie jedes Mal, auf der gegenüberliegenden Seite, auf dem
Schaufenstersims und wartet auf das Eintreffen der Spieler.
Der Bärtige kommt zuerst, er tritt nicht hinein, er schaut sich
um und sieht Fiete auf seinem Sims.
«Hallo», spricht er Fiete an, «du interessierst dich für
Backgammon?»
Fiete nickt verschüchtert, er hat nicht damit gerechnet, dass
der Bärtige ihn anspricht.
«Ich habe da was für dich», lacht ihn der Herr an und

überreicht ihm ein Päckchen.

Fiete greift zu und sagte artig: «Dankeschön.»

Der Bartträger streicht ihm über den Kopf.

«Ist ok, hab Spaß damit und pass gut drauf auf!», sagt er und verschwindet im Café.

Fiete drückt das Päckchen fest an sich. Nach und nach trudeln die beiden anderen Spieler ein und Fiete steht an seinem Butzenfenster und beobachtet die Backgammonspieler.

Der Bärtige begrüßt die beiden anderen freundschaftlich, nach kurzem Small Talk nehmen sie konzentriert das Spiel auf.

Alles ist wie früher, findet Fiete, dem die Reserviertheit bei dem letzten Treffen der Gamer nicht gefallen hat.

Später beim Spiel mault der langhaarige den muskulösen Laut an, der hatte eine Drei und eine Fünf gewürfelt. Hat indes mit einem Stein eine Sechs und mit dem anderen Spielstein eine Zwei gesetzt. Das sind unzulässige Züge.

Wenn ein Spieler einen Zug macht, der nach den Regeln nicht zulässig ist, ist der Gegner berechtigt, den legalen Zug einzufordern. Er braucht es nicht. Denn gibt es einen besseren erlaubten Zug, ist es nicht notwendig, eine Korrektur einzufordern. Sobald der Gegner des Spielers, der den illegalen Zug gesetzt hat, gewürfelt hat, ist der unerlaubte Zug gutgeheißen, und er ist nicht mehr berechtigt eine Korrektur einzufordern.

Der Muskulöse korrigiert seine Steine und zuckt grinsend mit den Schultern. In der Folge bemüht er sich, fehlerfrei zu spielen, und verliert die Partie am Ende des Tages.

Zum Spielende verlassen die drei, nach einem Absacker das Café. Der Bärtige verabschiedet sich von den anderen und bummelt in Richtung Hafen davon.

Die beiden anderen stromern durch die Stadt, trinken hier und dort ein Bier und halten Ausschau, sie haben was vor in der Nacht.

*

Fiete eilt, da es spät ist zu Albert und zeigt ihm seine Aufzeichnungen, die er wie jeden Spielabend akribisch auf seine Pappe gemalt hat. Albert deutet auf das Päckchen, das Fiete fest unter seinen rechten Arm geklemmt hat.

«Was hast du da denn?», fragt er Fiete.

«Keine Ahnung, hat mir der Bärtige vorm Spiel geschenkt», berichtet Fiete.

«Da lass uns schauen, was drin ist», schlägt Albert vor.

Fiete löst umständlich die Verpackung und bringt einen flachen Holzkasten hervor, der mit orientalischen Mustern reich verziert ist. Fiete öffnet den Kasten und strahlt über das ganze Gesicht.

«Ein Backgammonspiel!», ruft er freudig aus.

Voller Neugier kommen die anderen Obdachlosen näher.

«Ja das ist ein ausgesprochen hochwertiges Backgammonspiel», sagt Albert der Professor und drückt den Jungen an sich.

«Spielen wir?», fragt Fiete und fängt mit dem Spielaufbau an.

Die anderen Obdachlosen, die bisher nichts mit Backgammon am Hut hatten, sehen die Begeisterung des Jungen und schauen lächelnd zu.

Fiete gewinnt wie zu erwarten den ganzen Abend. Beseelt schläft er diese Nacht am Klostergarten in seinem kuscheligen Schlafsack ein. Sein Backgammonspiel hat er mit in die

Penntüte genommen, das wird er nicht mehr hergeben.

*

Mitte September. Auf Hof Osthermann unweit von Bliedersdorf ist seit dem frühen Morgen Unruhe. Walther Osthermann, der achtundsechzigjährige Seniorbauer bereitet mit seinem alten Deutz-Traktor die gewaltigen Siloflächen vor. Familie Osthermann hat heute Großkampftag, der Junior hat ein Lohnunternehmen damit beauftragt, den Mais zu ernten. Punkt zehn Uhr wird zuerst die Fläche im Norden von Bliedersdorf abgeerntet, am Abend die Maiskultur im Frankenmoor.

Walter Osthermann hadert mit der Fläche im Frankenmoor, die Pacht ist hochpreisig und der Wert des Ackerschlages steht in keinem Verhältnis zum Ertrag. Dadurch, dass die Landwirtschaft mehr Anbauflächen für die Biogasanlagen gebraucht, sind die Pachten exorbitant gestiegen. Die Milchviehalter weichen deswegen oft auf Flächen in moorige Gebiete aus. Im Moor trifft der Maisanbau oft auf Befahrbarkeitsprobleme. Schwere Maschinen haben es zur Erntezeit im Herbst bei widriger Witterung schwer im Moor. Da es seit Tagen nicht geregnet hat, ist das bei der heutigen Ernte hoffentlich kein Problem. Familie Osthermann, die zum Milchviehbetrieb eine bescheidene Biogasanlage betreibt. Benötigt dementsprechend stattliche Maisflächen. Viele davon liegen weit außerhalb des Hofes. Die recht großen Wege zu den Pachtflächen sind längst Alltag und unumgänglich, wenn man nicht jeden geforderten Pachtpreis zahlt.

Gegen neun Uhr, beim zweiten Frühstück, besprechen sie die

Details. Drei Traktoren des Lohnunternehmers fahren im Wechsel den Hof an. Sie liefern den gehäckselten Mais. Walther Osthermann und Igor, der landwirtschaftliche Helfer, verdichten den angelieferten Mais. Das ist eine nicht zu unterschätzende Arbeit. Ist der Hybridmais nicht anständig verdichtet, gammelt später die Silage und ist nicht mehr zu gebrauchen.

Der Junior koordiniert die Abläufe und hält den Kontakt zum Lohnunternehmen. In der zweiten Etappe, die nach dem Abendbrot anläuft, unterstützt der Juniorbauer mit einem vierten Traktor den Maistransport. Da ist sichergestellt, dass aufgrund der weiten Entfernung kein Stillstand am Maishäcksler passiert. Das spart Kosten.

*

Den ganzen Weg nach Bliedersdorf haben sie zähflüssigen Verkehr. Voran bringt sie das nicht. Anatol der Maishäckslerfahrer telefoniert mit dem Kunden und gibt Bescheid, dass sie eine halbe Stunde später anrücken. *Da haben wir wieder einen imposanten Konvoi zusammengestellt,* sinniert er, wie er in den Rückblickspiegel schaut.

Er ist mit einem modernen Maishäcksler Krone BiG X 1100 unterwegs, der mit einem ergonomischen Design daherkommt. Der MAN-Motor hat tausendeinhundertzehn Pferdestärken Motorleistung. Sechs Einzugswalzen für Sicherheit und Häckselqualität und einer Universalhäckseltrommel Maxflow mit sechsunddreißig Messern.

Ihm folgen drei Traktorgespanne mit jeweils einem Fendt 822 Vario. Ein beliebter Großtraktor, der mit seiner Kompaktheit und Leistungsfähigkeit punktet. Mit 226 Pferdestärken ist er kraftvoll auf dem Acker und zugstark beim Transport.

Der Ladewagen ist ein Bergmann HTW 65 mit enormen Fahrzeugmaßen. Mit einer Länge von 11,50m und einer Breite von 2,55m hat er bei einer Höhe von 4m, ein Fassungsvermögen von ca. 52 Kubikmeter. Imposant diese Monstergeräte.

Pünktlich zehn Uhr dreißig stehen sie am Ackerschlag von Hof Osthermann und bereiten den Maishäcksler für die Ernte vor. Das funktioniert in null Komma nichts. Die Traktorfahrer packen mit zu. Eine viertel Stunde später ist der Häcksler in seinem Element. Das Riemenscheibengetriebe in der Häckseltrommel sorgt für einen flexiblen Schnitt. Der gefederte Häckseltrommelboden und die Beschleuniger-rückwand versprechen einen kontinuierlichen Häckselgutfluss. Stream Control reguliert die Wurfweiteneinstellung über die Beschleunigerrückwand.

Vierzehn Reihen Mais auf einen Schlag. Das ist Leistung pur. Zuerst wirft er das Schnittgut nach hinten hinaus.

Nachdem er den Ackerschlag umrundet hat, schleudert er es zur Seite raus. Das ist besser händelbar und er hat seine Traktoristen im Blick.

Den ganzen Tag sind die Traktoren unterwegs, ohne Pause. Zur Zeit der Betankung steht der Häcksler still, hierfür kommt extra ein Betriebsstoffwagen vom Lohnunternehmer aufs Feld und betankt die Truppe.

*

Malte hat ein ungutes Gefühl, seit Wochen beschreiten Cord und Helmer eigene Wege. Früher sind sie nach dem Backgammonspiel gemeinsam durch die Kneipen gezogen, derzeit haben sie jeden Abend was vor und sind rasch wieder weg. Malte argwöhnt, dass die irgendetwas aushecken, er erahnt nicht was. Nach dem kommenden Spieleabend beabsichtigt er, sie zu beobachten.

Er hat wegen seines desaströsen Gewissens, über den Sommer recht viel an die Obdachlosen verteilt. So hat jeder einen Kulturbeutel mit Seife, Rasierzeug und einem Nagelpflegeetui erhalten. Selbst Unterwäschepakete hat er ausgeteilt.

Es hat nichts genutzt, sein Schuldgefühl am Tod des Obdachlosen ist nicht geringer. Im Gegenteil, jetzt wo er Kontakt hat, registriert er das da ehrliche Menschen, die ein schweres Schicksal haben, ums Überleben kämpfen.

*

Cord und Helmer ticken da anders, sie haben einen zweiten Stadtstreicher aus der Stadt entfernt. Eines Abends fällt ihnen ein Penner auf, der sich in der Bungenstraße in ein leer stehendes Haus schleicht. Sie huschen ihm nach und stellen fest, dass er sich dort häuslich niedergelassen hat. Nach einem kurzen Wortgefecht schlägt Helmer den Berber nieder und Cord gibt ihm mit heftigen Fußtritten den Rest.

Gegenwehr findet nicht statt, sie vermuten, dass der Obdachlose betrunken ist. Cord wickelt den Penner in eine Plane ein, die er von einem Fenster herunterreißt.

Gemeinsam stecken sie den Toten in einen Einkaufswagen, der im Raum herumsteht, und bringen ihn zum Parkplatz an der

Georg Bastion. Dort schauen sie sich zunächst um, wie niemand zu sehen ist, verladen sie den Leichnam in den Kofferraum von Helmers Wagen.

Den fahrbaren Warenkorb entsorgen sie im nahe gelegenen Burggraben. Sie verlassen die Stadt in Richtung Harsefeld. Unterwegs beseitigten sie den Toten in irgendeinem Maisfeld am Wegesrand. Am darauffolgenden Tag arbeiten sie auf ihren Arbeitsstellen, wie wäre nichts geschehen. Kaltblütig verleben sie einen für sie normalen Arbeitstag.

Cord überlegt am Abend auf der Heimfahrt von seiner Arbeitsstelle, ob sie das mit den Obdachlosen nicht forcieren, solange der Mais nicht abgeerntet ist, sind die landwirtschaftlichen Anbauflächen ein exzellentes Versteck. Hinzu kommt, das die Felder im Anschluss der Ernte, bis in das nächste Jahr brachliegen und erst im Frühjahr bestellt werden. Bis dahin sind jegliche Spuren vernichtet.

Cord ruft Helmer auf dem Smartphone an und schildert ihm seine Idee. Dieser ist angetan und verspricht, nach unkomplizierten Opfern Ausschau zu halten.

*

Walter Osthermann der Seniorbauer verdichtet den ganzen Tag schonend die Silage. Da kommt der vorerst letzte Wagen, dann ist Abendbrotzeit. Walter befüllt zwei Siloanlagen im Wechsel, so bleibt genügend Zeit das angelieferte Häckselgut zu verdichten. Er hat bei seinem Schlepper einen hohen Reifendruck von 3,5 bar gewählt, um durch eine geringe Aufstandsfläche eine hohe Last zu erzeugen. Der Mais wird in einer Schichtdicke von dreißig Zentimeter aufgeschoben.

Das erledigt sein Mitarbeiter mit einem extra angefertigten Schild hinter seinem Traktor. Dreißig Zentimeter ist die Höchstgrenze, da tieferliegendes Material nicht ausreichend verdichtet. Er überfährt den angelieferten Mais langsam. Die ideale Geschwindigkeit liegt bei vier bis sechs km/h. Je langsamer die Überfahrt, desto höher die Druckeinwirkung. Für eine ausreichende Verdichtung sind mindestens drei Fahrten erforderlich. Anstrengend ist das, er ist es nicht mehr gewohnt den ganzen Tag auf dem Traktor zu sitzen. Das passiert ausschließlich bei der Maisernte.

Da kommt der letzte Wagen vor dem Abendessen.

«Ist Zeit, hab einen Mordskohldampf», brummt der Seniorbauer.

Er weist dem Fahrer den linken Silo zu und wartet, bis das Schnittgut abgeladen ist. Sein Mitarbeiter verteilt den Mais auf der Silomasse. Walter Osthermann ist soeben im Begriff sich umzudrehen, um zum Essen zu stiefeln, wie sein Mitarbeiter den Traktor abstellt und nach ihm ruft. Walther steigt missgelaunt zu ihm auf die Silage, mürrisch fragt er: «Was ist los, keine Lust mehr?»

Sein Mitarbeiter sagt nichts, er zeigt indes mit dem rechten Arm auf die aufgeschobene Maisfläche. In dieser Sekunde sieht Walter Osthermann, was seinen Mitarbeiter von der Arbeit abgehalten hat. Da lugt ein zerfetzter Unterschenkel aus der Maismasse heraus.

«Ich ruf die Polizei, geh vor zum Abendbrot!», sagt Osthermann erschrocken.

Er stiefelt vom Silo Berg herunter und zückt sein Handy. Flugs hat er den Notruf gewählt. Er meldete das Gesehene und spaziert in die großräumige Bauernküche zu den anderen.

«Feierabend für heute, alles bleibt, wie es ist! Die Helfer auf dem Acker sind angehalten sofort alles stehen zu lassen.»
Sein Junior, der ja der Boss ist, springt auf.
«Wieso, was ist passiert?», fragt er aufgeregt seinen Vater.
«Wir haben Leichenteile im Häckselgut!», erklärt der alte Osthermann seinem Junior.
«Die Polizei ist bald hier», sagt er und gießt sich einen Kaffee ein.
«Du hast die Absicht zu essen?», fragt sein Sohn entgeistert.
«Ja, erstens habe ich Hunger und zweitens ändert das an der Gegebenheit nichts», sagt es und greift sich eine Mettwurststulle vom Teller, der in der Mitte des Tisches steht.
Der Traktorist und sein Betriebshelfer langen ebenfalls zu.

Kapitel 3

Kriminalhauptkommissar Heino Kleinemeier reibt sich seinen
gepflegten Dreitagebart, wie das Telefon auf seinem makellos
geordneten Schreibtisch läutet. Heino, der am Fenster steht,
tritt mürrisch zu dem Möbel und hebt ab. Nachdem er sich
gemeldet hat, hört er aufmerksam zu und fertigt sich Notizen
an. Er ist in diesem Augenblick voll da.
«Vivian, Pieper, macht euch bereit! Wir haben eine Leiche!»,
ruft er ins Großraumbüro.
Vivian Steffens schaut sich im Büro um, und sieht
Kriminalkommissar Manuel Pieper herankommen.
«Weißt du, um was es sich handelt?», fragt sie ihn.
«Nee, ich denke wir erfahren gleich, wo es hingeht», sagt
Manuel kaum vernehmlich und zeigt rüber zum Chefbüro, wo
soeben Heino Kleinemeier herausgestürmt kommt und
übermäßig gestikulierend zum Parkplatz deutet.
«Lass uns los», sagt Kriminaloberkommissarin Steffens
grinsend und stößt Manuel den Ellenbogen in die Seite.
Leichtfüßig folgen sie dem Leiter der Mordkommission. Eine
viertel Stunde später sind sie mit dem Dienstwagen unterwegs
zum Einsatzort. Es ist ein landwirtschaftlicher Betrieb bei
Bliedersdorf.

«Hof Osthermann, da ist es», ruft Manuel Pieper und zeigt auf
das Hinweisschild zur Hofstelle Osthermann.
Kriminalhauptkommissar Kleinemeier hält direkt vor dem
Wohnhaus. Ein Streifenbeamter weist sie vor Ort in die
Örtlichkeiten ein. Die Mitarbeiter der Spurensicherung sind

seit einer ganzen Weile vor Ort und wuseln auf einem beachtlichen Berg Maissilage herum. Dr. Grit Birkenfels die Rechtsmedizinerin kommt auf sie zu und schüttelt den Kopf. «Das ist der Albtraum eines jeden Rechtsmediziners, alle Spurenträger sind durch den Maishäcksler gejagt. Das gibt eine lange Nacht, sag ich Euch!», schimpft sie missgelaunt.

Ihre Mitarbeiter tragen den gehäckselten Mais körbeweise vom Silage-Haufen ab, um ihn nach Spuren von menschlichen Überresten zu untersuchen. Alles findet in einem unwirklichen grellen Scheinwerferlicht statt, gespenstisch sieht das aus, all die Menschen in ihren weißen Overalls, die hin und her wieseln.

Heino spricht den Seniorbauer an, den er in der Gemeinschaftsküche aufgespürt hat.
«Wer hat die Leichenteile zuerst entdeckt und was haben Sie daraufhin veranlasst?», befragt er Bauer Osthermann.
«Das war mein landwirtschaftlicher Mitarbeiter, wir haben sofort alle Arbeiten eingestellt und die Polizei benachrichtigt. In der Folge sind wir zum Abendessen und haben auf Sie gewartet.»
«Sie haben darauf zu Abend gegessen?», hakt Kriminaloberkommissarin Vivian Steffens erstaunt nach.
«Ja das war ohnehin eingeplant und weiterarbeiten ist ja im Moment nicht, wissen Sie, Zeit ist hier bares Geld, da nutzt man jede Arbeitsunterbrechung zur Pause, um hinterher wieder fit zu sein», erklärt sich der Seniorbauer.
«Der Lohnunternehmer, der den Mais für uns aberntet, lässt sich nach Betriebsstunden bezahlen. Ich sag Ihnen, das ist nicht preiswert», versucht der Bauer sein Verhalten zu

rechtfertigen.

«Ich kann das nachvollziehen, meine Eltern hatten ebenfalls einen Bauernhof, da rechnet man mit jedem Cent, den man einspart», beruhigt Kriminalhauptkommissar Heino Kleinemeier abschließend das Gespräch und verabschiedet sich mit seiner Kollegin.

Sie eilen zu ihrem Dienstwagen und fahren zu dem Ackerschlag, auf dem man die menschlichen Überreste „geerntet" hat. Von Weitem sehen sie die erleuchtete Maisfläche und die Spurensicherung, die das Gelände absucht. Sie lassen den Wagen an einem Wirtschaftsweg stehen und bewegen sich zwischen den Reihen der abgeernteten Maispflanzen vor bis zum Maishäcksler, einer imposanten Maschine, die arbeitslos im Maisfeld verharrt.

«Hallo sind Sie hier verantwortlich?», ruft ein schmales Kerlchen und kommt auf sie zu.
«Ja wir sind zuständig. Was ist Ihr Anliegen?», fragt Heino Kleinemeier den aufgeregten Herrn.
«Anliegen? Die von der Spurensicherung streben an, den Maishäcksler in Stade in einer Halle zu untersuchen, das funktioniert nicht. Mit dem Gerät verdiene ich mein Geld und die Landwirte haben das Gerät bestellt, um ihren Mais einzufahren», schimpft der Herr, der sich im Verlauf des Gesprächs mit Anatol der Maishäckslerfahrer vorstellt.
«Ja das ist unerfreulich, Sie stimmen mir sicher zu, dass wir gezwungen sind alle Spuren auszuwerten, um den zerstückelten Leichnam zu identifizieren. In diesem Fall gehört es dazu, dass wir ihr Fahrzeug akribisch untersuchen.»
Im Verlauf des Gesprächs sieht Vivian, das einer der

Spurensicherer übertrieben gestikuliert. Sie stupst Manuel Pieper in die Seite, gemeinsam begeben sie sich auf den Weg über den Acker, um zu schauen, was es dort Interessantes gibt. Kriminalhauptkommissar Kleinemeier schaut seinen beiden Ermittlern erstaunt nach. Erst wie Anatol realisiert hat, wie es mit der Spurensuche an seiner Maschine weitergeht, folgt Heino Kleinemeier den Kollegen.

Sie stehen am Ablageort einer männlichen Leiche. Die Spurensicherer haben unweit des Maishäckslers eine flache Grube aufgespürt, in der ein toter Mensch verscharrt war. Wildschweine haben den toten halb hinausgezerrt, hier hat der Maishäcksler mit seien Messern die in der Silomasse entdeckten Körperteile erfasst. Fassungslos stehen sie beisammen und schauen dem Spurensicherer bei seiner Arbeit zu. Im Augenwinkel bemerkt Kriminaloberkommissarin Vivian Steffens das die Leiterin der Rechtsmedizin auf dem Weg zu ihnen ist. Vivian grinst, mit ihren quietschbunten Gummistiefeln, die partout nicht zu ihrem weinroten Regenmantel passen, kommt Dr. Grit Birkenfels den Maisacker hinauf gehastet.
Sie schnauft wie ein Walross, was sie nicht daran hindert von Weitem die ersten Fragen zu stellen.
Kriminalhauptkommissar Heino Kleinemeier spricht ein paar Details mit Dr. Birkenfels und dem Leiter der Spurensicherung ab und bittet sie, den Maishäcksler zeitnah freizugeben, da die halbe Region auf das Erntegerät wartet.
Sie versprechen das und widmen sich ihrer Arbeit. Heino, Manuel und Vivian begeben sich auf den Weg ins Kommissariat an der Teichstraße in Stade, um das ermittelte in

Reihung zu bringen und erste Berichte zu verfassen.

*

Cord Juskowiak und Helmer Wilbau treffen sich am Stadeum. Das Stadeum ist ein Kongress- und Veranstaltungsgebäude, das mit diversen Theater- und Konzertaufführungen einen Namen in der Stader Region erlangt hat.

Es ist einundzwanzig Uhr und dauert nicht mehr lange, bis es finster ist. Helmer und sein Freund Cord spazieren durch die Wallanlagen. Hier planen sie, heute Nacht einen Stadtstreicher zu überraschen, um ihn zu entsorgen. Sie sind in Zeitdruck, die Maisernte hat seit einiger Zeit angefangen, lange ist die Feldfrucht nicht mehr zum Versteck nutzbar.

«Da marschiert einer!», ruft Helmer verhalten und zeigt über den Burggraben.

In diesem Augenblick sieht Cord den Obdachlosen ebenso, er bewegt sich in Höhe der Kreisjugendmusikschule auf der gegenüberliegenden Seite des Grabens. Sie observieren den Penner, der sich in Richtung Jugendherberge bewegt und dabei jeden Mülleimer nach Pfandflaschen durchstöbert.

Die beiden Beobachter beeilen sich. Sie hasten zur Parkstraße, um über die Kehdinger-Mühren ans andere Ufer des Burggrabens zu gelangen. Durch einen schmalen Pfad erreichen sie die Wrangel-Bastion. Hier sehen sie den Stadtstreicher wieder.

In Höhe des Sportplatzes der Jugendherberge, verstecken sie sich hinter einem Kirschlorbeerstrauch und verharren flach atmend, bis der Flaschensammler an ihnen vorbei ist.

Dieser trinkt einen kräftigen Zug aus einer Weinflasche und pfeift beschwingt vor sich hin. Das war sein letzter Schluck.

Blitzschnell ist Helmer bei dem Penner und schlägt ihn mit einem Handkantenschlag in die Halsbeuge bewusstlos. Cord ist rasch bei ihm und zieht dem Regungslosen eine Plastiktüte über den Kopf. Mit einem Expander Gummi verschnürt er die Tüte fest am Hals des Opfers.

Nachdem sie sich vergewissert haben, dass niemand sie gesehen hat, fesseln und verstecken sie den erstickenden unterm Kirschlorbeer. Unbefangen schlendern sie zurück zum Parkplatz am Stadeum. Helmer fährt den Wagen zum Trampelpfad an der Kehdinger-Mühren.

In einem verkehrsarmen Augenblick verladen sie zügig den erschlafften Körper des Obdachlosen in den Kofferraum.

Wachsam verlassen sie die Stadt.

Ihr verabredetes Prozedere hat funktioniert, sie klatschen sich auf der Fahrt ab. Auf der Geest bei Fredenbeck verbuddeln sie den getöteten in einem gigantischen Maisschlag.

Darauffolgend rufen sie Malte ihren Freund an, sie haben vor sich in Buxtehude zu betrinken. Malte schlägt das, The Rebels Choise, am Geest Tor in der Este Stadt vor.

Gegen Mitternacht treffen sie sich dort und verbringen eine unbekümmerte Nacht unter Freunden.

*

Fiete rennt den ganzen Abend durch die Stader Altstadt und sucht Albert Michelsen den Professor. Albert hat ihm versprochen eine Partie Backgammon zu spielen, das hat sein väterlicher Freund bisher nie versäumt. Fiete fragt die anderen Obdachlosen, die vermögen ihm nicht zu helfen.

Der Professor ist gegen zwanzig Uhr aufgebrochen, um seine Runde in den Wallanlagen zu drehen. Das treibt er zweimal die Woche, um leere Pfandflaschen aus den Müllbehältern in den Anlagen einzusammeln.

Fiete ist zweimal den Weg abgelaufen, mittlerweile ist Mitternacht vorbei und Fiete eilt ratlos zum Johanniskloster, er sucht seinen Schlafplatz auf. Vor Sorge um den Freund schläft er erst am frühen Morgen ein.

Gegen Mittag des nächsten Tages, Fiete hat nichts von seinem Freund Albert gehört, vertraut er sich Käthe, einer obdachlosen Rentnerin an.

Fiete berichtet ihr von seinem Erlebnis in jener Zeit in der Nacht an der Burgbastion, Albert hat er das nie erzählt. Fiete sorgt sich, das Albert das gleiche Schicksal ereilt hat, und hat Redebedarf, da bietet sich Käthe die mütterliche Freundin an. Käthe beruhigt den Jungen und drückt ihn besorgt in den Arm. «Ich denke, der Albert hat einen Bekannten getroffen und die sind an irgendeiner Stelle in den Wallanlagen versackt», sagt sie mit krächzender Stimme.

Fiete drückt sich in Käthes Arm und sinnt über ihren Spottnamen nach, im Obdachlosenmilieu nennt man sie Krachmandel, weil sie diese unverkennbare kratzige Stimme hat. Ihre Worte beruhigen Fiete eher nicht, im Gegenteil, Albert trinkt keinen Alkohol, höchstenfalls ein Weinchen, nie solch eine Menge das, er die Kontrolle verliert.

Fiete beschließt, zur Polizei zu stiefeln, um das Fehlen von seinem Freund anzuzeigen.

An der Hauptwache an der Teichstraße weist man ihn brüsk zurück, der Beamte am Schalter kapiert das unverständliche Gebrabbel, wie er es nennt nicht und verweist den Mongoloiden herzlos vom Hof der Wache. Gefrustet und bedrückt eilt Fiete zurück in die Stadt und sucht Trost bei seinen obdachlosen Freunden.

*

Kriminalhauptkommissar Kleinemeier ist zusammen mit Staatsanwalt Gunnar Zipperlein auf dem Weg in die Rechtsmedizin. Dr. Grit Birkenfels erwartet sie an der Tür.
«Oh gleich zwei Ermittler», begrüßt sie ihre gespannten Gäste.
«Ja ich habe mir erlaubt Verstärkung aus der Staatsanwaltschaft mitzubringen», sagt Heino Kleinemeier und gibt Grit zur Begrüßung die Hand.
Der Staatsanwalt drückt ihr einen Wangenkuss auf, den sie erwidert.
Dr. Birkenfels legt sofort los mit ihren Ausführungen.
«Die Identität des Maistoten ist nicht bekannt. Wir haben hier einen mittelgroßen ca. 50- bis 60-jährigen ausgemergelten männlichen Körper. Die Gesichtshaut und sein Rumpf sind, übersäht von Hämatomen, die von Faustschlägen und exzessiven Fußtritten herrühren. Seine prekäre Physis ist auf tüchtigen Alkoholkonsum zurückzuführen. Der Körper des Opfers ist deutlich verdreckt, was auf mangelnde Körperpflege hinweist. Die Bekleidungsreste, die ich untersucht habe, sind massiv gebraucht und oft geflickt. Die Untersuchung des Mageninhaltes hat ergeben, dass der Tote lange nicht gegessen hat.»
«Was heißt hier Lange?», hakt der Staatsanwalt nach.
«Das bedeutet in diesem Fall, zwei bis drei Tage.» Dr. Birkenfels antwortet routiniert und fährt mit ihren Ausführungen fort. «Die Begutachtung der Leber zeigt eine Leberzirrhose im Endstadium, was die mangelnde

Nahrungsaufnahme erklärt.»

Die Medizinerin deckt das Laken über den Leichnam und schaut die Ermittler an. Heino Kleinemeier spricht aus, was alle vermuten.
«Wie ich das sehe, handelt es sich hier um einen Obdachlosen!», sagt er und sieht Grit Birkenfels fragend an.
«Ja davon gehen wir aus. Der körperliche Zustand sowie die Vorerkrankungen sprechen da für sich», bestätigt die Rechtsmedizinerin die Aussage.
Die Ermittler bedanken sich und verlassen die Rechtsmedizin. Heino beruft für den Nachmittag eine Besprechung ein. Er beabsichtigt erste Ergebnisse mit seinem Team zusammenzufassen.

Kriminaloberkommissarin Vivian Steffens und Kriminalkommissar Manuel Pieper stehen bei Jörg Merkens ihrem Kollegen am Schreibtisch und unterhalten sich über den gestrigen Abend. Jörg hatte den Abend frei und ist voller Neugier auf den neuen Fall. Solange er sich mit Vivian austauscht, bestaunt Manuel das nicht vorhandene Ordnungssystem auf Jörgs Schreibtisch. Da liegen altes Obst und ein angebissener Schokoriegel zwischen Aktenstapeln und PC-Tastatur. Überall sind Krümel. Wäre Jörg nicht ein Pedant in seiner Arbeit, könnte man meinen, er sei ein Schreibtisch Messie, findet Manuel. Jörg schaut zu ihm herüber.
«Ist was nicht in Ordnung?», fragt er den ertappten Manuel.
«Alles Ok, ich höre euch zu», antwortet dieser flugs mit hochrotem Kopf.
«Viel ist es nicht, was wir haben. Da sind die Fingerabdrücke die letzte Hoffnung zur Identifizierung des Opfers», stellt Jörg

fest und hebt den Telefonhörer ab, er wählt die Nummer der Rechtsmedizin.

«Die Abdrücke sind seit einer halben Stunde im Rechner, derzeit haben die keinen Treffer. Grit benachrichtigt uns sofort, wenn sich da was ergibt», berichtet er seinen Kollegen, nachdem er wieder aufgelegt hat.

Vivian und Manuel beschließen, zum Auffindeort zu fahren. Jörg, arbeitet am Rechner die Vermisstenmeldungen der letzten Monate durch.

*

Vivian Steffens steuert den Wagen in Richtung des Maisschlages, wo das Opfer gefunden wurde. Nachdem sie sich die Gummistiefel, die für solche Fälle im Kofferraum liegen, angezogen haben. Eilen sie zu der markierten Stelle auf dem abgeernteten Acker. Kriminalkommissar Manuel Pieper schaut sich die flache Mulde, in welcher der Tote lag, genauer an.

«Das sieht aus, wie wenn jemand auf die Schnelle eine Kuhle ausgehoben hat, um die Leiche zu verscharren», bewertet er die Grube.

«Geplant sieht anders aus», findet Vivian.

Sie schauen sich die nähere Umgebung an und stellen fest, dass in einer Entfernung von ca. 10m ein befestigter Wirtschaftsweg am Feld vorbeiführt.

«Den Weg haben wir in der Nacht nicht gesehen», stellt Manuel fest.

«Da war in der Nacht der Mais davor, von dort hat man das Opfer garantiert hierhergebracht, es ist der kürzeste Weg», sagt Kriminaloberkommissarin Steffens.

Sie hat Witterung aufgenommen und hastet das Stück Weg bis zum Wirtschaftsweg über den Acker. Manuel Pieper ist kaum in der Lage ihr zu folgen.

Kapitel 4

Fiete schleppt mit seinem Backgammonkasten durch die Stadt und luchst den Touristen mit seiner verschmitzten Art die Euros aus der Tasche. Dreiundzwanzig Euro fünfzig hat er eingesammelt. Vorm Zeughaus beim Italiener verbringt er auf den Treppenstufen eine kurze Pause.

Hunde-Peter der Pfandflaschen gesammelt hat, setzt sich zu ihm. Zusammen beobachten sie das Treiben auf dem Pferdemarkt und schweigen. Fiete herzt Peters Hund Stöpsel, ein kastrierter Rüde. Ein Lastrami, eine Landstraßenmischung, wie Peter stets sagt. Wohlig legt sich der Rüde auf den Rücken und genießt die Streicheleinheiten. Derweil Fiete den Hund krault, beobachtet er wehmütig ein Elternpaar, das mit ihren Kindern lachend an einem Marktstand steht und sich eine opulente Weintraube teilt. Oft sehnt er sich danach, solch eine Familie zu haben, um zu sehen, ob er dann frei von Sorgen wäre.

«Nimm die Töle da weg, der Köter ist voller Flöhe», schimpft ein älterer Herr, der sich die Treppe hinauf müht.

«Der hat keine Flöhe!», empört sich Fiete.

Der Alte beachtet ihn nicht, er eilt mit verächtlichem Gesichtsausdruck ins Café. Das kennt Fiete seit einiger Zeit, zunehmend beschimpfen rechtschwurbelige Personen die Obdachlosen grundlos. Albert hat ihm erklärt, dass es verkappte Nationalsozialisten sind, die das unterstützen und das die zu allem Überfluss eine Partei gegründet haben. Fiete hat keine Kenntnis von politischen Organisationen und Nazis.

Albert, hat studiert, der kennt sich da aus.

Wie die Sonne hinter den Dächern versinkt, begibt sich Fiete auf den Weg in die Sattelmacherstraße, heute ist wieder Backgammonabend.
Fiete hat zwar bisher keinen neuen Mitspieler gefunden, sein Interesse am Backgammon ist dagegen unverändert. Er ist spät dran, die drei Gamer sitzen längst an ihrem Stammtisch und bereiten das Spiel vor.
Fiete ist in jeder Hinsicht aufmerksam und tätigt auf seiner mitgebrachten Pappe fleißig Aufzeichnungen.
Cord verursacht einen unzulässigen Zug, Fiete hat sofort bemerkt, dass der nach den Regeln nicht zulässig ist.
Malte, Cords Gegner dürfte verlangen, dass er einen legalen Zug tätigt, tut er jedoch nicht.
Er hat bemerkt, dass es einen besseren legalen Zug gibt, daher verlangt er keine Korrektur.
Geschwind würfelt Malte, nachdem Cord den illegalen Zug gesetzt hat, damit hat er den irregulären Zug gutgeheißen.
Cord der das grinsen bei Malte bemerkt, schaut irritiert auf die Steine und ärgert sich, wie er seinen Lapsus bemerkt.
Cord ist es nicht erlaubt eine Korrektur zu fordern.
«Das sind die Regeln», sagt Malte und schlägt sich vor Freude auf die Schenkel.
Er gewinnt das verlorengeglaubte Spiel. Für Fiete ist das heute ein dramatischer Backgammonabend, die Spieler ziehen alle Register, um ihren jeweiligen Gegner zu schlagen. Spät in der Nacht verlassen die Spieler das Café und trennen sich am Ausgang, wie jedes Mal in den letzten Wochen.

Fiete der ein Stückchen abseits steht, beobachtet die Szene.

Nachdem der Bärtige die beiden anderen in Richtung Parkhaus verlassen hat, begeben die sich auf den Weg zum Pferdemarkt. Fiete ist im Begriff seinen Beobachtungsposten zu verlassen, wie der Bartträger zurückkommt. Fiete drückt sich in eine halbdunkle Ecke und beobachtet, wie der bärtige den anderen heimlich folgt.

Fiete schleicht voller Neugier den Backgammonspielern hinterher.

*

Helmer und Cord haben einen Schlachtplan. Sie haben unter der Woche einen Obdachlosen beobachtet, der sich in der Nacht von seinen Kumpels trennt, um unter der Brücke bei der Skaterbahn zu nächtigen. Einzig der Hund des Penners stört. Helmer ist der Erste, der den Nichtsesshaften erreicht. Brutal schlägt er den Kerl, der sich im Halbschlaf erschrocken im Schlafsack aufrichtet, ohne Vorwarnung nieder und traktiert ihn mit Fußtritten, bis der bewegungslos am Boden liegt.

Der Hund des Landstreichers sitzt eingeschüchtert in einer Ecke und sagt keinen Mucks.

Geschwind ist Cord bei Helmer und mit einer beängstigenden Routine verpacken sie den Herumstreicher in eine mitgebrachte Plastikplane.

Ah, wertet Malte, der die zwei aus einem Versteck beobachtet, dafür war der Rucksack, den Cord dabei hatte.

Die beiden Gewalttäter schauen sich um. Da die Luft rein ist, bugsieren sie den entseelten Körper des Opfers zum Bahnhof. Helmer holt seinen Wagen und nachdem sie den schlaffen Körper in den Kofferraum verladen haben, fahren sie in

Richtung altes Land davon.

*

Fiete der eine Kleinigkeit später dazugekommen ist, sieht, wie sie den Hunde-Peter in eine Plane einschlagen. Verstört rennt er weg und bleibt erst wieder am Parkhaus beim Bahnhof stehen. Fiete weint, was haben die mit dem Peter angerichtet, warum bringen die den weg? Fiete begreift die Welt nicht mehr.

*

«Hast du gesehen? Stopp!», ruft Cord aufgeregt und zeigt nach vorn zum Parkhaus.
«Scheiße! Was macht der denn hier?», schimpft Helmer und reduziert die Geschwindigkeit.
«Der heult ja, hat uns sicher beobachtet der Mogli!», flucht Cord.
Helmer gibt Gas und fährt, ohne was zu sagen, zügig aus der Stadt. Cord sieht erstaunt zur Seite.
«Was ist, lässt du den laufen?», fragt er Helmer.
«Um den kümmern wir uns später, den nimmt ohnehin niemand für bare Münze.»
Sie fahren schweigsam auf die Geest, um Hunde-Peter in einer Verscharrgrube im Mais zu verbergen.

*

Fiete hat sich wieder gefangen und eilt zurück, um sich um den Hund zu kümmern. Stöpsel, der den Fiete kennt, folgt dem obdachlosen Jungen und akzeptiert ihn als sein neues Herrchen. Gemeinsam schleichen sie verschreckt durch die

Nacht, bis zum Johanniskloster, dort versuchen sie im gegenseitigen Trost, eine Kleinigkeit zu schlafen.

*

Malte, der alles aus seinem Versteck mit angesehen hat, ist geschockt. Nicht weil seine beiden Freunde einen Obdachlosen getötet haben. Nein, weil sie das mit solch einer Routine vollstreckt haben, dass er davon ausgeht das, die das öfters getrieben haben. Mit einem mulmigen Gefühl fährt Malte nach Hause. An Einschlafen ist diese Nacht nicht zu, denken. Er grübelt die Stunden bis zum Sonnenaufgang darüber nach, wie er sich weiter verhält. Er beschließt, die Backgammongruppe zu verlassen.

*

«Moin, moin», ruft Dr. Grit Birkenfels ausgelassen.
Es ist Tag drei nach dem Leichenfund und sie sind nicht einen Schritt vorangekommen. Heino Kleinemeier, der leitende Kriminalhauptkommissar schaut erstaunt auf.
«Hast du positive Nachrichten? Raus damit! Wir ergreifen jeden Strohhalm, Hauptsache es bringt uns weiter», fragt er lauernd.
«Ja in der Tat, ich habe da was», verkündet die Rechtsmedizinerin und grinst über das ganze Gesicht.
Die anderen Ermittler haben das Mitbekommen und stehen alle beisammen vor der Tür des leitenden Kommissars.
«Stell uns nicht auf die Folter, was hast du für uns mitgebracht?», bittet Heino Kleinemeier um die Ergebnisse.
«Ich habe den Namen und ein paar Eckdaten zu unserem Toten», lässt Grit die Katze aus dem Sack.

Sie übergibt eine Handakte an Heino und stolziert beschwingt an den anderen vorbei und verlässt die Mordkommission. Heino schaut in die Akte.

«Fjodor Michajlowitsch Kuznetsow, dreiundsechzig Jahre alt, obdachlos, ehemaliger Bauarbeiter, aus Schtscheglowka einem Ort in Kaliningrad. Der Ort gehört zum kommunalen Stadtkreis Slawsk im Rajon Slawsk.»
Heino liest alles mit kräftiger Stimme vor, seine Mitarbeiter fertigen sich Notizen an.
«Jörg! Du kümmerst dich mit Pieper um das Obdachlosenmilieu in Stade und Buxtehude, versucht was über den Russen herauszubekommen. Welche Kontakte, sein Schlafplatz usw. du weißt, was ich meine.»
Jörg Merkens der Kriminalkommissar nickt verstehend und begibt sich mit seinem Kollegen Kriminalkommissar Manuel Pieper sofort auf den Weg.
«Vivian! Du sprichst mit den Berufsgenossen in Schtscheglowka und erfragst, ob da Familie ist, die wir benachrichtigen müssen.»

*

Am Morgen stellt Malte sein Tourenrad im Fahrradständer des Composite-Campus in Stade ab. Er ist konzentriert auf seine Prüfungen und blendet, das gestern erlebte aus. Am Mittag bemerkt er, dass ihm das nicht gelingt.
Malte macht Nägel mit Köpfen und unterrichtet seine beiden Mitspieler per WhatsApp über seinen Entschluss. Er bittet, von Nachfragen abzusehen, und meldet sich aus der gemeinsamen Whatsapp-Gruppe ab. Erleichtert atmet er auf und eilt wieder

in den Hörsaal, um sich weiter mit dem Lehrstoff
auseinanderzusetzen.

*

Helmer telefoniert sofort mit Cord, wie er die Whatsapp
Nachricht von Malte liest. Sie verabreden sich für den späten
Abend vorm CineStar, dem Kino am Hafen.
Cord ist den ganzen Tag in Sorge und versucht, wiederholt mit
Malte zu telefonieren, dort meldet sich die Mailbox. Später
am Abend trifft er Helmer und sie beraten, wie sie mit Maltes
Rückzieher umgehen.

*

Die Kriminalkommissare, Manuel Pieper und Jörg Merkens
sind unterwegs auf dem Pferdemarkt. Dem Treffpunkt für die
Gescheiterten, wie Manuel die Obdachlosen nennt.
Jörg hat mit seinem eher gebrauchten Outfit keine Probleme
mit der Kontaktaufnahme. Mit der ausgebeulten
Manchesterhose, dem nachlässig aufgekrempelten
Holzfällerhemd und der verwaschenen Cordweste, fällt er
nicht auf unter den Nichtsesshaften.
Manuel ist da ungewandter im Umgang mit den
Gestrauchelten. Sie erhalten nach und nach einen Eindruck
von der Obdachlosengemeinschaft, Auskunft erlangen sie
ausschließlich über das, was lange bekannt ist.
«Lass uns das hier abbrechen», sagt Manuel frustriert.
«Nein, ich habe eine bessere Idee», antwortet Jörg. «Komm
mit, wir marschieren ins Altländer Viertel, ich kenn dort
jemanden, der uns hilft», schlägt er vor und eilt an der Post
vorbei in Richtung Messerschmiede.

Kriminalkommissar Pieper folgt wortlos. Sie landen in einem Büro im Stadtteilhaus an der Jorker Straße. Hier bietet der Streetworker Jakub Sprechstunden an. Zusätzlich arbeitet er regelmäßig in dem Vielzweck-Pavillon in den benachbarten Wallanlagen, nahe dem Bahnhof.

Jörg und Jakub begrüßen sich herzlich. Nachdem Jörg seinen Kollegen vorgestellt hat, besprechen sie die Gesamtlage der Obdachlosen in der Stadt.

Jakub ein engagierter Streetworker, hat nach dem Abitur Sozialpädagogik studiert. Im laufenden Studium hat er ein Praktikum in der Drogenarbeit in Hamburg St. Georg absolviert. Daneben engagiert er sich in der Obdachlosenhilfe der Hansestadt. Sozialarbeiter wie Jakub setzt man in sozialen Brennpunkten ein. Jakub ist verheiratet und hat eine Tochter, er stammt ursprünglich aus Polen. Seine Eltern sind, wie er vier Jahre alt war in das Altländer-Viertel gezogen.

Er ist ein Kümmerer, bemüht um seine Leute. Auf die Obdachlosen der Stadt lässt er nichts kommen.

«Die sind alle in Ordnung, unterstützen sich gegenseitig», sagt Jakub zum Abschluss ihrer Unterhaltung.

Auf dem Rückweg in die Innenstadt reflektieren sie das Gehörte. Jakub hat ihnen berichtet, dass sich seit geraumer Zeit die Clique der Obdachlosen reduziert hat.

Da die Stadtstreicher nicht ausgeprägt auskunftsfreudig sind, hat Jakub weiter keine Kenntnis, außer das, die Abgängigen alle verschwunden sind, ohne sich abzumelden, was unüblich unter den Tippelbrüdern ist.

«Was meinst du, ob es da mehr Opfer gibt?», fragt Manuel

seinen Kollegen.

«Da habe ich soeben drüber nachgedacht, wenn das zusammenhängt, kommt reichlich was auf uns zu», antwortet Jörg Merkens.

Kapitel 5

Helmer und Cord schleichen seit Stunden durch die Nacht, sie sind auf der Suche nach dem Mogli. Sie haben beschlossen das der wegmuss.
Der mongoloid ist der Einzige, der eine Gefahr für sie darstellt, das Gedenken sie zu verhindern. In der Kalkmühlenstraße erblicken sie ihn. Cord sieht den Mogli zuerst, rasch teilen sie sich auf. Helmer umläuft die Straße weitläufig und kommt aus Richtung Schiffertor die Kalkmühlenstraße hinauf, derweil Cord sich am oberen Ende im Torbogen abwartend aufhält. Langsam unter Beobachtung des Umfeldes nähern sie sich dem Mongoloiden.

*

Fiete hat die beiden Backgammonspieler seit einiger Zeit bemerkt. Da es für eine Flucht zu spät ist, drückt er sich mit Mischlingshund Stöpsel im Arm in einen finsteren lausekalten Hauseingang. Die beiden Backgammonspieler kommen aus verschiedenen Richtungen auf Fiete zu. Fiete linst mit einem Auge nach der aktuellen Lage, wie ihn der erste heftige Schlag an den Kopf trifft. Blitzschnell fällt Fiete um und bewegt sich nicht mehr.
Stöpsel flüchtet mit unüberhörbarem Gebell, das in den Häuserschluchten lange widerhallt, in die steile Straße.

Helmer und Cord haken den bewusstlosen Fiete unter und bringen ihn zur Wallstraße. Cord wartet an der Bushaltestelle beim Sanitätshaus mit dem Mogli, währenddessen Helmer den Wagen aus dem Parkhaus holt. Ohne Aufhebens verlassen sie die Stadt in Richtung Bremervörde. An einem übergroßen Maissschlag zwischen Fredenbeck und Kutenholz halten sie an. Cord öffnet den Kofferraum und Helmer sucht den Spaten im Fond des Wagens.

«Shit! Ich habe vergessen, die Schippe mitzunehmen», schimpft er.

Cord befühlt den Puls ihres Opfers.

«Der hat keinen Herzschlag mehr, ist mausetot», stellt er verwundert fest.

Helmer tritt achselzuckend hinter das Fahrzeug und packt mit zu, gemeinsam legen sie ihr Opfer auf den Boden. Helmer ist verblüfft, dass der Mogli tot ist, so arg hat er nicht zugeschlagen. Scheinbar sind die Menschen mit down Syndrom empfindlicher, er ist da nicht firm und es ist ihm egal.

«Komm mach hin das, wir den geschwind einbuddeln!», sagt er und schnappt sich die Beine von Fiete.

Cord greift sich die Arme und mit vereinten Kräften bringen sie ihr Opfer bis in die Mitte des Feldes. Grob scharren sie mit den Händen eine flache Grube aus und legen den Toten hinein.

Wie sie dabei sind, den Aushub über den Leichnam zu raffen, hören sie Geräusche.

«Psst!», raunt Helmer und beide, Verharren in ihrem handeln.

In unmittelbarer Nähe schnüffelt eine Bache mit ihrer Rotte nach Fressbarem. Cord, der einen Riesenbammel vor den Schwarzkitteln hat, springt unversehens auf und rennt um sein Leben. Helmer wird von dem hastigen Aufbruch überrascht, ihm bleibt nichts anderes übrig, wie seinem Freund zu folgen. Die Bache, die in diesem Augenblick aufmerksam hochschaut, hat ihren Spaß und folgt den beiden mit der gesamten Rotte. Helmer gerät in Panik, er verliert die Richtung und kommt an anderer Stelle aus dem Maisschlag gehetzt. Er schaut sich hektisch um und sucht das Fahrzeug. Weit voraus erkennt er den Wagen und macht sich auf den Weg.

«Wo kommst du denn raus?», wundert sich Cord.

«Die Viecher haben mich angegriffen!», rechtfertigt Helmer seine Orientierungslosigkeit.

Nachdem sie sich grob gereinigt haben, steigen sie in den Wagen und fahren zu Helmer nach Hause. Dort betrinken sie sich auf den Schreck.

*

Fiete hat lausig geträumt, wie er erwacht, bemerkt er das, was nicht stimmt. Er erlangt schwer Luft und sein Schlafsack ist lausekalt und feucht.

Lange bleibt er liegen und versucht, sich an die letzte Nacht zu erinnern, bis es ihm zu kühl ist. Fiete beschließt aufzustehen. Was ist das? Wie er die Augen öffnet, hat er sofort Dreck im Sehorgan, in seinem Mund ist Schmutz. Fiete grübelt nach und langsam kommt seine kindliche Erinnerung zurück. Man hat ihn geschlagen, daraufhin war alles schwarz. Später ist er in einem Kofferraum gelegen, es stank nach Diesel. Fiete erinnert sich, dass er wie sich der Kofferraumdeckel öffnete, sofort totgestellt hat. Dabei ist er wieder eingeschlafen, denn ab da fehlt jede Erinnerung.

Fiete befreit sein Gesicht vom Dreck und versucht, sich aufzusetzen, in diesem Moment bemerkt er, das man ihn eingegraben hat.

In Windeseile wühlt er sich aus der flachen Grube heraus.

Fiete schaut sich verschreckt um, es ist stockduster und überall sind befremdliche Geräusche. Fiete hat erbärmliche Angst, er ist ein Stadtmensch, braucht Licht und Menschen um sich herum, die Natur mit all ihren Gefahren verwirren ihn. Da Fiete keinerlei Orientierungssinn hat, ist es schwer für ihn zu entscheiden, welche Richtung die richtige ist. Panik ergreift Besitz von ihm, ein Gefühl, das er nicht kennt, unbeholfen setzt er sich in Bewegung.

*

Kriminalkommissar Jörg Merkens trägt das Ergebnis der Recherche bei den Obdachlosen und den Besuch des Streetworkers wertfrei im gemeinsamen Briefing vor. Staatsanwalt Zipperlein runzelt die Stirn.
«Das würde heißen, das da mehr Nichtsesshafte betroffen sein könnten?», stellt er zum Denkanstoß in den Raum.
«Ja das sehen mein Kollege Pieper und ich genauso», bestätigt Jörg die Vermutung des Staatsanwalts.
Kriminalhauptkommissar Heino Kleinemeier zupft an seiner Krawatte und räuspert sich.
«Wir haben dafür bisher Vermutungen, keinerlei Hinweise das es so ist. Lassen wir die Kirche im Dorf und kümmern uns um das, was wir haben. Vivian, was hast du herausbekommen?»
Kriminaloberkommissarin Vivian Steffens schaut ihren Chef erstaunt an, billigt seinen Einwand nicht.
«Das Opfer Fjodor Michajlowitsch Kuznetsow hat weder in seiner Heimat noch hier gemeldete Angehörige. Er erhält ein Armenbegräbnis. Ich habe die Rechtsmedizin benachrichtigt. Die leiten die nötigen Schritte nach der Freigabe des Leichnams ein», berichtet sie.

Heino Kleinemeier nickt. Er schickt seine Ermittler hinaus in die Stadt. Er wünscht, heute bis zum Abend zu wissen, ob an der Sache, was dran ist.

*

Kriminalkommissar Jörg Merkens ist mit Vivian unterwegs. Wie sie die Dienststelle verlassen, spricht sie eine Alte an.
«Hallo, sind Sie von der Polizei?», fragt sie.
«Ja, brauchen Sie Hilfe?», fragt Vivian verbindlich.
«Ich bin die Käthe», stellt die Alte sich mit krächzender Stimme vor und reicht Vivian kontaktscheu die Hand.
«Ich habe keine Ahnung, wie ich es Ihnen sagen soll, der Fiete unser Sorgenkind ist seit gestern verschwunden», berichtet sie.
«Wer ist Fiete?», fragt Jörg und hat eine Vermutung.
«Fiete ist ein obdachloser halbwüchsiger Junge, der hat ein Downsyndrom, wir kümmern uns alle um ihn.
Sie müssen wissen seine Eltern haben ihn im Kindesalter verstoßen.»
«Wie ist er denn abhandengekommen?», hakt Vivian nach.
«Er beabsichtigte wie jede Woche beim Backgammon zuzuschauen, ist nicht zurückgekommen», schildert die Stadtstreicherin das Verschwinden von Fiete.
Gemeinsam eilen sie mit Käthe in die Sattelmacherstraße, Käthe zeigt ihnen, wo Fiete in der Vergangenheit den Backgammonspielern zugeschaut hat. Sie berichtet, dass die Freunde von Fiete, Fjodor und Albert der Professor auch seit geraumer Zeit abkömmlich sind.
«Fjodor Michajlowitsch?», fragt Jörg nach.
«Ja der Fjodor und der Hunde-Peter, der ist seit letzter Woche

verschwunden.

Der hat an der Skaterbahn am Bahnhof übernachtet und kam am nächsten Morgen nicht mehr zu uns. Fiete der verstört war, hatte den Hund von Peter dabei, er verriet nicht, wo Peter ist.»

Sie haben genug gehört, sind sich sicher, dass Methode dahintersteckt. Sie bedanken sich bei Käthe und betreten gemeinsam das Café, in dem das Backgammonspiel stattfand. Zurück in der Dienststelle haben sie reichlich was zu berichten. Kriminalhauptkommissar Heino Kleinemeier hört sich alles an und legt los mit seiner Analyse.

«Zuerst ist es erforderlich das wir erfahren, wer diese Burschen sind, die seit Jahren ihr Backgammonspiel spielen. Es ist mir unbegreiflich, dass die Cafébetreiber nicht wissen, wer das ist. Der Tisch war für jede Woche reserviert. Im Weiteren forcieren wir die Suche nach dem mongoloiden Fiete. Das ist dein Auftrag Manuel. Beantrage Unterstützung aus Hannover. Ohne Übertreibung handelt es hier um einen Notfall. In letzter Konsequenz haben wir es hier mit einem gesundheitlich enorm angegriffenen Jungen mit Trisomie 21 zu schaffen. Der sich dabei in Lebensgefahr ist.

Jörg versuch bitte, mehr Informationen von den Obdachlosen zu erlangen, lad sie auf einen Kaffee ein, von mir aus zum Bier. Hauptsache du erhältst die Hinweise, die wir dringend benötigen.»

Vivian schaut sich um, «und ich?»

«Du koordinierst das Ganze und hältst den Staatsanwalt auf dem Laufenden», ruft Heino beim Hinausgehen über die Schulter und sprintet zu seinem Dienstwagen.

Kapitel 6

Bertram Schneiderhahn, ein 30-jähriger Maishäckslerfahrer, arbeitet mit einem Hochdruckreiniger bei einem Lohnbetrieb im Norden von Stade an seinem Arbeitsgerät.

Den oberen Teil des Häckslers hat er am Vormittag gereinigt, im Augenblick ist die Häckselanlage an der Reihe. In voller Gummimontur kriecht er in die Aufnahmevorrichtung, um an die Trommel zu gelangen. Abrupt hält er inne und stellt den Reiniger ab.

Behutsam greift er mit seinen Gummihandschuhen zwischen die Messer. Er hat wieder ein Reh erwischt, alles ist voller Blut. Bertram erfasst das Wild und zieht den blutverschmierten Fetzen heraus, es sind Teile von einem Reh, das Fell ist wie Samt. Mit der anderen Hand greift er zur gegenüberliegenden Seite, dort hängen ebenfalls blutige Fetzen. Er zieht sie zu sich heran und erschrickt, da ist eine Hand am Ende eines der Fleischfetzen. Bertram kriecht geradewegs zurück und ruft den Chef.

«Was ist denn wieder», schimpft dieser unwirsch und kommt angelaufen.

Sofort merkt er das, was nicht stimmt, so bleich hat er seinen Angestellten nie gesehen.

«Da ist eine Hand im Schneidwerk!», sagt Bertram aufgeregt und zeigt dem Chef, was er gefunden hat.

Der Lohnunternehmer greift zum Handy und ruft die Polizei in Stade an.

*

Dreißig Minuten später fährt ein dunkelblauer Audi A6 mit Blaulicht auf den Hof des Lohnunternehmens. Ein modisch gekleideter anständig trainierter Herr steigt aus und eilt auf den Chef und seinen Mitarbeiter zu.

«Kriminalhauptkommissar Kleinemeier», stellt der Beamte sich vor.
«Sie haben menschliche Körperteile gefunden?», fragt er die beiden.
«Ja hier ich zeig es Ihnen», sagt Bertram Schneiderhahn und trottet vor zu seinem Maishäcksler.
Er deutet auf die Handfragmente und zeigt Heino Kleinemeier den Fundort an der Maschine. Heino greift sein Smartphone und ruft in der Dienststelle an.
Er hat diese fluchtartig verlassen, denn er hatte den Anruf des Lohnunternehmers, den er kurz vorm Briefing reinbekommen hat verdrängt. Er erklärt Vivian seine Flucht und bittet sie alles Notwendige in die Wege zu leiten. Bald darauf erscheint die Spurensicherung mit der Rechtsmedizin.

*

Dr. Grit Birkenfels, quält sich in einen Schutzoverall der Spurensicherung, da sie davon ausgeht, dass es unumgänglich ist, unter das Schneidwerk des Maishäckslers zu kriechen.
«Bitte keinen Kommentar zu meinem Outfit», ruft sie belustigt zu Kriminalhauptkommissar Kleinemeier hinüber.
Heino lacht, der Overall ist nicht direkt vorteilhaft bei der Rubensfigur von Grit Birkenfels.
«Ich habe das gesehen», flachst sie herüber.
Heino winkt ihr zu und wendet sich wieder dem

Lohnunternehmer zu.

Dieser zeigt ihm auf einer abgegriffenen Karte, auf welchem Ackerschlag der Häcksler zuletzt Mais geerntet hat.

Frankenmoor dieses Mal, übergelegt Heino und setzt sich mit Kriminaloberkommissarin Steffens in Verbindung.

«Vivian, ich sende dir ein Handyfoto mit einem Kartenausschnitt, lass den Acker absperren und fordere eine Hundertschaft mit Leichenspürhund an, der Ackerschlag wird komplett abgesucht!», ordnet er an.

«Ok, ist klar, was ist denn passiert?»

«Wir haben wieder eine Leiche in einem Maisfeld. Teile hat man beim Reinigen des Maishäckslers gefunden», berichtet Heino.

«Hat das mit unserem Obdachlosen zu tun?»

«Ich befürchte ja, ihr seid da auf dem richtigen Weg, warum ich da nicht ran wollte? Ich vermag es nicht zu sagen», bewertet Heino Kleinemeier sein Verhalten bei der Besprechung.

«Alles ok, dafür sind wir ein Team», sagt Vivian aufmunternd und beendet das Gespräch.

*

Fiete hat bis in den Mittag geschlafen, in der Nacht hat er sich hoffnungslos im Maisfeld verirrt und wie er keine Kraft mehr hatte, hat er sich ein Bett aus ausgerissenen Maispflanzen gebaut. Dabei hat er die reifen Maiskolben entfernt und auf einem Haufen beiseitegelegt. Er hat einen Mordshunger und schält sich die Kolben. Saftig sind die Maiskörner und lecker findet Fiete, er verspeist gleich drei Stück. Im weiteren Verlauf des Tages baut er sich eine heimelige Butze.

Die Maispflanzen, die er dafür ausreißt, stapelt er an den Seiten. Nachdem er später die Kolben entfernt hat, flechtet er die Gewächse an den Seitenflächen seines Zimmers in die stehenden Pflanzen ein. Kurz bevor es dunkelt, ist Fiete fertig und bestaunt sein Werk.

«Geile Hütte!», urteilt er mit kindlicher Eitelkeit und verzehrt ein paar Maisfrüchte.

Am Abend liegt Fiete lange wach und horcht den in höchstem Maße beängstigenden Geräuschen der Natur, er ist aus der Stadt andere Nachtgeräusche gewöhnt. An irgendeinem Ort schreit eine Eule, dann wieder hört er Grunzgeräusche im Maisfeld. Angsterfüllt igelt er sich nach Geborgenheit sehnend ein. Erst wie der Mond sein Licht auf Fiete richtet, schläft er ein. In der Nacht träumt er davon, dass ihm die lebenswichtigen Medikamente ausgehen und er mit qualvollen Schmerzen hilflos im Mais umherirrt.

Früh morgens weckt ihn die wärmende Sonne. Fiete verzehrt ein paar Maiskolben zum Frühstück und begibt sich an die Arbeit, er hatte in seinen Träumen eine Eingebung, die setzt er augenblicklich um.

*

Kriminaloberkommissarin Vivian Steffens ist auf dem Weg nach Frankenmoor, sie trifft sich mit Kriminalhauptkommissar Heino Kleinemeier, um den Einsatz der Suchmannschaft zu koordinieren. Von Weitem sieht sie Polizeioberkommissar Hertig vom Polizeiposten Fredenbeck auf der Straße stehen. Wilfried Hertig regelt den Verkehr.

Im Ort ist baustellenbedingt die Hauptstraße für nahezu zwei

Jahre gesperrt und der Weg durchs Frankenmoor ist eine Ausweichstrecke.

«Moin, hohes Verkehrsaufkommen heute», begrüßt Vivian den Oberkommissar. «Ich habe gehört, das mit eurer Baustelle im Ort dauert länger?»

«Moin, Jo dat tütt sik Henn, wie de Fredenbecker seggt! Ihre Aktion hat uns hier zum Feierabendverkehr bisher gefehlt», stellt er mit einem Augenzwinkern fest und zeigt Vivian den Weg.
«Danke», ruft sie ihm zu und sucht in einem Feldweg nahe dem Ackerschlag einen geeigneten Parkplatz.

*

Minuten später kommt Heino Kleinemeier, aus der Ferne erkennt er Vivian Steffens an ihren tizianroten Haaren. Sie steht gestikulierend zwischen den Beamten der Bundespolizei, die aus Lüneburg zur Unterstützung angereist sind. Heino läuft hinüber und begrüßt den Führer der Hundertschaft.
Gemeinsam legen sie die Vorgehensweise fest. Sie beeilen sich, denn gegen einundzwanzig Uhr setzt die Dunkelheit ein.

«Das sind drei Stunden, das Schaffen wir locker», sagt der Führer der Bundespolizisten.
Mit lautstarken Kommandos bringt er seine Polizisten in die Ausgangsstellung. Zuerst suchen zwei Leichenspürhunde mit ihren Führern den Acker ab. Mit einem Abstand von fünfzig Metern, folgt die Bereitschaftspolizei in breiter Front.
Vivian und Heino bleiben zurück.
Sie beobachten den Einsatz. Erschöpft lehnt Vivian sich am Dienstwagen an und hält das Gesicht mit geschlossenen

Augen in die Abendsonne.

Heino, der ihr dabei zuschaut, genießt das Bild und lächelt.

«Warum lächelst du?», fragt Vivian.

Ertappt ringt Heino nach Worten.

«War ein reizvolles Bild», erklärt er sein lächeln.

«Na dann!», sagt Vivian geschmeichelt.

Es kommt über den Funk die Meldung «Fund!», dazwischen.

Sofort sind beide im Dienstmodus und begeben sich auf den Weg zur Fundstelle.

Dort liegen die Reste eines menschlichen Torsos in einer Art Verscharrgrube. Angewidert wendet Vivian sich ab, sie hat allerhand gesehen in ihrer Dienstzeit, dieses Bild, mit dem halb verwesten zerrissenen Körper, bleibt prägnant in ihrer Erinnerung.

«Lass uns zur Dienststelle fahren. Dr. Birkenfels und der Staatsanwalt sind auf dem Weg hierher, sie kümmern sich», sagt Kriminalhauptkommissar Kleinemeier.

Er hat mitbekommen, dass Vivian von der Auffindesituation arg aufgewühlt ist.

*

Am nächsten Morgen sind die Presseorgane voll von unbeherrschten Vermutungen und überschlagen sich in ihrer reißerischen Berichterstattung. Staatsanwalt Gunnar Zipperlein hatte in der Nacht vor Ort eine kurze Erklärung an die Presse abgegeben. Kriminalhauptkommissar Kleinemeier ist darüber sichtbar empört.

«Warum hält der sich nicht zurück?», fragt er seine Ermittler, ohne eine Antwort zu erwarten.

«Der zerstört mit seinem Öffentlichkeitsdrang die komplette Ermittlungsstrategie.»

Kriminalkommissar Jörg Merkens räuspert sich, um Aufmerksamkeit zu erhalten.

«Was liegt an Jörg?», fragt Heino.

«Dem Fiete bin ich begegnet, vor ca. zwei drei Wochen. Er hat mich und meinen Bruder in der Stadt angesprochen.»

«Was hat er gesagt? Man Jörg lass dir nicht alles aus der Nase ziehen!», fährt Heino dazwischen.

«Er hat von Toter gebrabbelt, unverständlich und verwirrt Klang das. Er hat dabei in Richtung Johanniskloster gezeigt.»

«Das ist ein Anhaltspunkt! Ab schnapp dir ein paar Spurensicherer und versucht, dort was zu finden. Nehmt einen Hund mit. Verdammt! Muss ich mich hier denn um alles kümmern! Ihr habt den Beruf wie ich gelernt.»

Heino stürmt unter heftigem Türschlagen aus dem Großraumbüro.

Das Team der Mordkommission steht da wie erstarrt, sie haben ihren Chef so nie erlebt.

«Was ist?» Unterbricht Vivian die Stille.

«Ihr habt gehört, was Sache ist! Ran an die Arbeit. Manuel wieweit bist du mit der Suche nach diesem Fiete?»

«Ich lass die Maisfelder in der Region durch die örtliche Polizei bestreifen. Am Nachmittag bekomme ich Unterstützung von der Bundeswehr, die überfliegen die Geest mit Wärmebildgeräten. Das Auswerteteam baut derzeit ihren Wagen im Hof der Dienststelle auf», berichtet Kriminalkommissar Pieper.

«Prima, bleib da dran und denk hin und wieder an einen Zwischenbericht an mich», bedankt sich Vivian.

Sie begibt sich auf die Suche nach Heino.
«Nicht das der in seinem Brass zu Staatsanwalt Zipperlein fährt, das haut nicht hin!», flucht sie in sich hinein.
In der Cafeteria der Dienststelle findet sie ihren Chef.

«Na beruhigt? Oder schmollen wir?», fragt sie belustigt.
«Das ist nicht komisch!», schimpft Heino wieder los.
«Stimmt! Das Team kann wahrlich nichts dafür, die verrichten effektive Arbeit!», sagt Vivian und setzt sich.
Sie ist heilfroh, dass sie in solch einem herausragenden Team mitarbeitet, aufgrund dessen setzt sie sich vehement für ihre Arbeitskollegen ein.

*

Jörg Merkens ist mit einem Hundeführer unterwegs, um beim Johanniskloster nach Spuren zu suchen. Der Hund, ein Hollandse Herdershond, ist ein Leichenspürhund. Bei der kleinsten Spur und sei es eine winzige Blutspur, gibt er seinem Partner Bescheid. Weiträumig kreisen sie das Einsatzgebiet ein. Überall dort, wo der Hund reagiert, steckt der Hundeführer fürs Erste schmale Sticker in den Boden. Das erleichtert später die Zusammenfassung des Tatbildes. In einem Versteck beim Johanniskloster finden sie einen wertigen Schlafsack und einen Beutel mit Pharmaka. Kriminalkommissar Merkens ruft die Spurensicherung und erkundigte sich bei der Rechtsmedizin nach den Medikamenten.
«Das sind Arzneimittel, die benötigt werden, um einen mit Trisomie 21 betroffenen Menschen zu behandeln. Die Pharmazeutika sind für den Patienten lebenswichtig. Wenn er längere Zeit unterversorgt ist, erleidet er heftige körperliche

Probleme!», berichtet der Rechtsmediziner.

Jörg ist geschockt, dass bedeutet, dass der Junge sich in Lebensgefahr befindet.

Er benachrichtigt Kriminaloberkommissarin Vivian Steffens, die sich sofort mit Manuel Pieper in Verbindung setzt und Druck macht.

«Ihr müsst den Jungen heute finden, sonst sehe ich schwarz für den Kleinen!», sagt sie eindringlich.

Wie sie in Richtung Hafen marschieren, ist der Hund voll bei der Sache und sucht lebhaft in einem Busch an der Burgbastion, die zur Aussichtsplattform Stadthafen führt.

Der Hund legt sich ab. Der Hundeführer lobt ihn ausgelassen und belohnt das Tier mit einem Zerrspiel.

«Hier hat ein Mensch gelegen, alles spricht für eine Leiche», sagt der Hundeführer.

Jörg zeigt dem Eingetroffenen Spurensicherer die Stelle und arbeitet sich mit dem Hundeteam weiter vor. Sie eilen in Richtung Plattform dem Hund hinterher. Auf der Hälfte der Strecke legt sich der Rüde wieder auf den Boden.

«Fund!», sagt der Führer und zerrt zur Belohnung mit seinem Hund.

Abermals gibt Kriminalkommissar Merkens der Spurensicherung Bescheid. In der Folge passiert nichts mehr.

Jörg bedankt sich beim Hund mit einem Leckerli und klopft dem Hundeführer dankend auf die Schulter.

«Macht Feierabend, ihr habt es euch verdient», sagt er.

*

Helmer, der seinen Wagen am Hafen geparkt hat, bummelt die

Salzstraße entlang, er hat in der Tapasbar am Fleet eine Kleinigkeit gegessen und ist auf dem Weg zu seinem Auto. An der alten Bastion sieht er Menschen in weißen Overalls herummachen. Wie er näherkommt, bemerkt er, dass es Polizei ist. Rasch stakst er vorbei und eilt zu seinem Wagen. Derweil er den Parkplatz verlässt, telefoniert er mit Cord.

«Hi Cord, wir treffen uns! Die Bullerei sichert Spuren an der Burgbastion.»

«Woher weißt du das?», fragt Cord aufgeregt.

«Ich bin da vorbeigekommen», antwortet Helmer hektisch.

«Ich habe in Steinkirchen zu schaffen, lass uns am Lühe-Anleger treffen», schlägt Cord vor.

Eine halbe Stunde später sitzen sie mit einer Flasche Bier, auf den Steinen am Ufer der Elbe und beratschlagen, wie sie aus der Nummer herauskommen.

«Lass uns abhauen», rät Helmer.

«Nee, die werden uns nichts beweisen, es gibt keine Zeugen und unsere Spuren sind lange durch die Witterung vernichtet», wehrt sich Cord gegen eine Flucht.

«Ok, aber Backgammon spielen wir künftig zu Hause, nicht mehr im Café. Nicht das die da einen Zusammenhang finden!»

«Abgemacht, wir halten die Füße still und warten ab.»

«Und keine Auffälligkeiten!», mahnt Helmer.

Mit einem freundschaftlichen Handschlag verabschieden sie sich voneinander und fahren einstweilen wieder zu ihrer Arbeit.

*

Fiete ist erschöpft, obendrein hat er durch den permanenten

Maisverzehr Durchfall. Das hält ihn nicht davon ab seinen Traum zu verwirklichen. Nach einer ordentlichen Schlafpause auf seinem gebastelten Mais Bett, begibt er sich wieder an die Arbeit. Für zwei Tage hat er Tabletten in der Hosentasche, wie es weitergeht, Fiete hat bisher keine Lösung. Er ist Optimist. Auf irgendeine Art ist es bei ihm zeitlebens weitergegangen. Frohen Mutes mit einem Lied auf den Lippen, arbeitet er trotz seiner Erschöpfung, weiter an seinem einmaligen Werk.

*

Meetingraum der Kriminalpolizei Stade: Die Ermittler folgen den Ausführungen der Rechtsmedizinerin Dr. Grit Birkenfels.

«Das Opfer ist mittelgroß männlich. Ich habe aus den gehäckselten Fragmenten einen Fingerabdruck gesichert und diesen mit der Datenbank abgeglichen. Das Opfer heißt Wilhelm Rüter und ist vierundfünfzig Jahre alt. Er ist in Stade als obdachloser registriert.
Die körperlichen Merkmale des Torsos zeigen im Ergebnis, dass Rüter abhängiger Alkoholiker war. Seine Leber ist ebendeshalb eindrucksvoll geschädigt.
Rüter starb durch Gewalteinwirkung gegen den Kopf und Rumpf. Das ist eindeutig durch Einblutungen unter der Haut nachweisbar. Die, Schnitt und Zerstückelungsmerkmale sind unverkennbar vom Erntegerät und somit postmortal. Die Einblutungen weisen auf Faustschläge oder Fußtritte hin, die mit enormer Gewalt getätigt wurden.»
Die Rechtsmedizinerin ist deutlich betroffen.
«Rüter hat eine durch Ehescheidung von ihm getrenntlebende Ehefrau, die in Neesen, einem Ortsteil von Porta Westfalica

wohnhaft ist. Sie ist bisher nicht verständigt. Fremdspuren, habe ich keine gefunden, weder am Torso noch in der Umgegend.»

«Keine Fremd-DNA?», hakt Kriminalhauptkommissar Heino Kleinemeier ernüchtert nach.

«Nein leider nicht. Einzig die Spuren des Häckslers sind zuzuordnen. Der Körper war zu lange der Witterung ausgesetzt, da sind alle Merkmale vernichtet», ergänzt Grit Birkenfels ihre Ausführungen.

Heino bedankt sich bei der Rechtsmedizinerin und erteilt Kriminalkommissar Jörg Merkens das Wort.

«Ja bei mir sieht es ähnlich aus, wir haben an der Burgbastion Spuren gesichert, die dem Opfer Rüter anhand der DNA zugeordnet werden. Verwertbares in Bezug auf den oder die Täter war nicht zu ermitteln. Hierfür benutzen zu viele Menschen den Fußweg zur Aussichtsplattform.

Zumindest haben wir den Ort des Überfalls ermittelt, und weiter unterhalb, den Ablageort der Leiche. Die dort abgelegt wurde, um sie später abzutransportieren», berichtet Merkens seinen Kollegen.

«Kameras, Zeugen? Habt ihr irgendetwas das auf die oder den Täter hinweist?», hakt Heino Kleinemeier nach.

«Nein nichts, tut mir leid», antwortet Jörg Merkens und setzt sich wieder an den Konferenztisch.

«Pieper was hast du erreicht mit den Kontrollflügen der Luftwaffe?», fordert Kriminalhauptkommissar Kleinemeier Manuel auf seine Schlussfolgerungen vorzutragen.

«Wir sind in der Auswertung. Momentan finden Überflüge auf der Fredenbecker Geest statt. Mit ersten Ergebnissen ist gegen

Abend zu rechnen. Die Überprüfung der Aufnahmen ist mühsam, da wir jedes Bild der Wärmebildkamera einzeln betrachten. Bei alldem sind wir optimistisch, dass wir es zum Abend schaffen», berichtet Kriminalkommissar Pieper.
«Ok dann treffen wir uns heute zum Tagesende, wenn die Auswertung passiert ist, ereignisorientiert hier wieder», beendet Kleinemeier das Meeting.
Die Ermittler eilen zu ihren Arbeitsplätzen.

«Vivian, hast du Lust auf eine Fahrt nach Porta-Westfalica, ein Gespräch mit der Ex vom Opfer spricht für neue Erkenntnisse. Ich denke, von Frau zu Frau ist da mehr zu erreichen», hält Heino Kleinemeier seine Kriminaloberkommissarin zurück.
«Ja, das ist vorstellbar. Wann solls denn losgehen?»
«Sofort!», sagt Kriminalhauptkommissar Kleinemeier und eilt mit einem breiten Grinsen in sein Büro.
Vivian Steffens schüttelt schmunzelnd den Kopf und begibt sich ins Großraumbüro, um die Tour vorzubereiten.

Kapitel 7

Malte Caskorb sitzt seit Tagen vor seinen Büchern, es gelangt bei allem Aufwand nichts in seinen Kopf. Ständig grübelt er über seine Wirrnis nach.

Faktisch war ich ja nicht beteiligt. Zusammengetreten hat Helmer den Tramp. Ok, bei der Beseitigung im Maisfeld war ich zugegen. Aktiv war ich da nicht, denn ich habe weiter nichts wie Schmiere gestanden, findet Malte. Das bewegt ihn seit Tagen, er kommt de facto nicht aus dem Grübeln heraus. Die persönliche Obdachlosenhilfe hat sein Nervenkostüm nicht sonderlich beruhigt, daher hat er das wieder eingestellt.

Der einzige Lichtblick ist sein Haustier, zärtlich besorgt liebkost er Vestus sein Hermelin. Das Kurzschwanzwiesel hält er seit Beginn in einer Voliere, in seiner schlichten Studenten Wohnung in Agathenburg. Die Schwester von seinem Freund Cord, hatte ihm das bescheidene Apartment für kargen Mietzins angeboten.

Für Vestus hat er eine prächtige Voliere gebaut, aus einem umgebauten Schrank, mit zahlreichen Etagen. Da tobt er und lebt seinen Bewegungsdrang aus. Vestus ist ein einheimischer Erd- und Stinkmarder. Sein Sommerfell ist auf der Oberseite braun und auf der Unterseite schlohweiß, die Schwanzspitze schwarz.

Vestus ist tagaktiv, das ist wieder seiner Natur, denn normal sind Hermeline nachtaktiv. Es hat Malte eine Menge Zeit und Mühe gekostet, Vestus zu zähmen, denn der Mustela erminea ist üblicherweise ein Wildtier. Hat es erst Vertrauen zu einer

Bezugsperson aufgebaut, lässt es sich bisweilen kraulen.
Malte ist zufrieden mit seinen Erziehungsfortschritten bei
Vestus. Die Trainingseinheiten mit dem Tier lenken ihn, da sie
immens ausführlich sind und Konzentration benötigen, von
allem anderen ab.

Er setzt das Tier wieder in die Voliere und schnappt sich
seinen Fahrradhelm, er radelt in die Stadt, um ein paar
Fachbücher zu kaufen. Wenig später findet er bei Thalia in der
Holzstraße die gesuchte Lektüre. Nach einem Bummel durch
die Altstadt gönnt er sich ein Softeis und setzt sich auf die
Mauer vorm Zeughaus.

«Hallo, du hier?», spricht ihn wider Erwarten Helmer von
hinten an.

Da sie sich seit dem Verlassen der WhatsApp Gruppe nicht
gesehen haben, schaut Malte ihn mit rotem Kopf abwartend
an.

«Keine Angst, ich mach dir keinerlei Vorwürfe. Warum auch?»,
sagt Helmer rasch, wie er bemerkt, dass Malte ihn mit leerem
Blick anschaut. Malte quält sich ein müdes «Hallo», heraus
und reagiert nicht weiter auf Helmers Ansprache.

«Ich wünsche mit euch keinen Kontakt mehr! Ich strebe an,
mein Studium fertigzumachen! Im Anschluss verlasse ich
Norddeutschland. Lasst mich zufrieden! Und Tschüs», sagt er
zu Helmer und begibt sich zu seinem Fahrrad.

«Warte!», ruft Helmer der, ob der Aussage von Malte
Gesprächsbedarf hat.

Malte schaut sich nicht um, steigt auf sein Rad und radelt
nach Hause. Helmer ist perplex, mit solch einer Reaktion
seines alten Freundes hat er nicht gerechnet, gedankenvoll

schlendert er zum Wagen und fährt entmutigt heim.

*

Fiete hat immense Schmerzen, er hat sich an der Hand verletzt. Die scharfen Blattkanten der Maisblätter haben sich bei seiner Arbeit tief in die Handflächen geschnitten. Fiete hat zwar Spucke darauf gerieben, der Dreck und sein Schweiß sind indes in die Wunde eingedrungen. Nachts schüttelt ihn heftiges Fieber und sein Husten ist schrecklich. Fiete hat gehörig Angst. Heute hat er seine Arbeit fertig. Wie es weitergeht? Er hat keine Ahnung. Schlimmstenfalls wird er hier sterben? Fiete weint oft in den Tagen, sieht ordentlich verheult aus. Dreckig vom Acker und verrotzt mit entzündeten Augen. Die Hände schmerzlich vereitert, die hat er mit Fetzen von seinem Unterhemd, das er zerrissen hat umwickelt. Auch die Tabletten sind zur Neige gegangen. Verzweiflung macht sich in Fiete breit. Angst und Hilflosigkeit. Geschwächt legt er sich auf seine Maispritsche, heute hat er keine Lust, zu Abend zu essen. Fiete schaut den Mond an, der in voller Größe am Nachthimmel strahlt und bittet den lieben Gott um Hilfe, da kullern wieder die Tränen über sein angstvolles Gesicht.

*

Thomas Menzel ist auf dem Weg zu einem Maisschlag in Fredenbeck-Wedel, das ist heute die vierte Maisfläche, die er mit seinem Häcksler aberntet.
Seit fünf Uhr ist er unterwegs, bis auf kurze Tankpausen ununterbrochen. Thomas merkt, dass er sich im Grenzbereich seiner körperlichen Leistungsfähigkeit bewegt. Das hält ihn nicht davon ab den nächsten Maisschlag abzuernten.

Er braucht das Geld, hat neu gebaut, da ist jede zusätzliche Gage willkommen. Dazu kommt das die Landwirte auf der Geest Druck erzeugen, die Wetterprognose für die nächsten Tage ist nicht berauschend, da strebt jeder an, seine Ernte zuvor einzufahren.

Der Maisschlag ist erreicht, sofort macht Thomas die Maschine ernteklar, die begleitenden Traktoren stehen bereit. Thomas schaltet die Arbeitsscheinwerfer ein und, los gehts.

*

Am Abend sitzen Kriminalkommissar Manuel Pieper und Kriminalkommissar Jörg Merkens mit den Auswertern der Bundeswehr über den Aufnahmen der Wärmebildkamera. Seit drei Stunden schauen sie die Detailaufnahmen der Stader Geest an. Jörg, der die Bilder eingescannt hat, fügt Foto für Foto zusammen, so haben sie die Möglichkeit, die Geest in der Fläche zu betrachten. Wie Jörg das nächste Bild anfügt, zeigt sich auf einem Feld eine unkonventionelle Zeichnung, die nicht zu den normalen Feldstrukturen passt. Die beteiligten Auswerter, schauen gebannt auf den Monitor, erst wie Jörg das nächste Bild anfügt, macht die Struktur einen Sinn.

«Backgammon!», sagt einer der Auswertesoldaten.

«Wie Backgammon?», fragt Kriminalkommissar Jörg Merkens.

«Da hat jemand ein stattliches Backgammonspiel ins Maisfeld gebaut», erklärt der Soldat.

Über die Ackerschlagdatei der niedersächsischen Landwirtschaftskammer ermitteln sie, wem der Acker gehört. Kriminalkommissar Pieper telefoniert mit dem Landwirt, um zu erfahren, was das mit dem Backgammonspielfeld auf sich hat. Der Bauer ist erstaunt, er hat keine Ahnung.

Jörg Merkens erinnert sich an seine Begegnung mit Fiete. «Backgammon! Das ich da nicht gleich draufgekommen bin!», ruft er zum Erstaunen seiner Mitstreiter aus.

In dem Moment betreten Vivian Steffens und Kriminalhauptkommissar Heino Kleinemeier den Raum, um sich nach Ergebnissen zu erkundigen.

«Was ist mit Backgammon?», fragt Heino nach.

«Der mongoloide Junge hat, wie er mit mir gesprochen hat was von Backgammon gebrabbelt!», schildert Jörg aufgeregt und zeigt auf die Luftaufnahme.

«Na auf was wartet ihr? Suchmannschaft aktivieren und das Feld absuchen!», herrscht Heino seine Kommissare an.

Sofort setzt eine operative Regsamkeit ein, eilig trotz alledem koordiniert, funktioniert die Organisation der Suche nach dem Jungen. Es dauert bis in die frühen Morgenstunden, bis die Suche vor Ort in Gang kommt. Denn in der Nacht gibt es unvorhergesehene Geschehnisse, die den Ausfall von Kriminaloberkommissarin Vivian Steffens bei der Vorbereitung erklären.

*

Thomas Menzel hat ein Drittel des Maisfeldes abgeerntet, da fährt der Tankwagen auf Feld, um den Häcksler und die Traktoren zu betanken. Der Tankwagenfahrer hat eine Therme mit heißer Erbsensuppe dabei. Zu der Zeit des Tankvorgangs schlagen die Fahrer der Erntemaschinen sich den Bauch mit der Suppe voll. Sie sind trotz der harten Arbeit bei ausgezeichneter Laune und flachsen sich gegenseitig. Thomas stutzt und steht auf, er hatte es sich auf dem Kontergewicht eines Traktors bequem hergerichtet, mit ungutem Gefühl schreitet er ins Scheinwerferlicht des Maishäckslers. Er hat sich nicht getäuscht, vor ihm liegt ein menschlicher Körper. Thomas Menzel eilt zurück zu seinen Kollegen und berichtet, was er gefunden hat.

«Scheiße!», schimpft der Landwirt, der soeben zu ihnen gestoßen ist.

«Da stellen wir die Ernte heute ein! Ich rufe die Polizei an», sagt Thomas Menzel in einer ruhigeren Tonart und greift zu seinem Mobiltelefon.

*

«Kriminaloberkommissar Vivian Steffens», meldet Vivian sich am Telefon.

Sie war soeben aus Porta Westfalica zurückgekehrt und hatte auf Dienstschluss gehofft.

«Ja Hallo, hier ist Thomas Menzel, wir haben hier auf dem Feld einen Toten gefunden», berichtet ihr Gesprächspartner.

Vivian schaut routinemäßig auf ihr Zeiteisen, zwei Uhr dreißig.

«Ok erzählen Sie mir, wie ich dort hinkomme, und fassen Sie nichts an! Sind Sie bei der Maisernte? Wenn ja sofort alle Aktivitäten einstellen!», ordnet sie an.

Nachdem Herr Menzel ihr den Weg erklärt hat, benachrichtigt sie die Bereitschaft der Spurensicherung und begibt sich zum Fundort nach Fredenbeck-Wedel.

Von unterwegs unterrichtet sie den Staatsanwalt Gunnar Zipperlein, der sofort am Telefon ist.

«Oh ich vermutete, dass Sie schlafen», ist sie überrascht.

«Pennen? Wir planen just eine umfangreich angelegte Suche

nach dem halbwüchsigen Obdachlosen», berichtet Zipperlein. «Ja und ich bin unterwegs zum Fundort einer neuen Leiche, wieder im Maisfeld, in Wedel einem Ort bei Fredenbeck», erklärt Vivian ihren späten Anruf.
«Ok, ich mach mich auf den Weg», sagt der Staatsanwalt und lässt sich den Weg beschreiben.

*

Kriminaloberkommissarin Steffens wird von Polizeioberkommissar Wilfried Hertig dem Ortspolizisten von Fredenbeck vor Ort eingewiesen. Hertig hat alles absperren lassen und die Erntearbeiter in seinen VW-Bus gesetzt, denn es ist kühl in dieser Nacht. Vivian zieht die Schiebetür des Bulli auf und fragt nach Herrn Menzel, wie dieser sich meldet, bittet sie ihn, ihr den Fundort zu zeigen.
Da die Erntemaschine abgestellt wurde, ist es bis auf das Licht des Vollmondes finster. Herr Menzel hat wie Vivian eine leistungsstarke Stabtaschenlampe dabei und schreitet zügig zum Leichnam.
«Hier ist es», sagt er und deutet auf die Fragmente eines toten Menschen, der verkrümmt in einer der Traktorspuren liegt.
«Bei allem, was recht ist, da ist aktuell kein Traktor drüber weggefahren?», ruft Vivian entgeistert aus.
«Der hat das nicht gesehen, ist hier hinter dem Häcksler gefahren», versucht Menzel eine Erklärung. «Da schaut er in den Arbeitsscheinwerfer der Erntemaschine und sieht nicht, was sich unmittelbar vor seinem Traktor aufhält.»

Vivian schickt den Häckslerfahrer zurück und bittet ihn, die Mannschaft der Spurensicherung die soeben eintrifft, zu ihr zu schicken. Da steht sie allein in der Kühle der Nacht auf dem Acker mit einer plattgefahrenen Leiche in unmittelbarer Nähe, Vivian erschaudert und ist heilfroh, wie die ersten Spurensicherer bei ihr eintreffen.

In kurzer Zeit ist alles in einem grellen Licht getaucht. Dr. Grit Birkenfels schüttelt den Kopf, wie sie den ins Erdreich gedrückten Körper betrachtet.

«Und das hat der Traktorfahrer nicht bemerkt?», entrüstet sie sich. «Sachen gibts.»

Mit einem Kollegen begibt sie sich an die Arbeit. Kriminaloberkommissarin Steffens ist derweil damit beschäftigt im VW Bus die Protokolle aufzunehmen. Später fährt sie in Absprache mit Dr. Birkenfels ins Kommissariat nach Stade. Von Staatsanwalt Zipperlein hat sie bisher nichts gesehen, obwohl er zum Auffindeort hinauswollte.

*

Auf der Dienststelle ist ihr klar, warum der Staatsanwalt nicht am Fundort war. Überall im Hof bereiten sich Bundespolizisten in ihren oliven Overalls auf den Einsatz vor, sie verladen die Ausrüstung für die Suche nach dem Jungen. Vivian Steffens steht bei Gunnar Zipperlein und berichtet von ihrer nächtlichen Aktivität im Maisfeld.

«Prima das Sie das im Griff haben», lobt er ihre Arbeit.

«Im Augenblick ist der Schwerpunkt bei dem Jungen, er schwebt in Lebensgefahr, es ist erforderlich, dass wir ihn finden!», sagt er zu Vivian und ist wieder bei Heino Kleinemeier, um Details abzusprechen.

Vivian zuckt die Achseln und zieht sich in ein leeres Büro zurück, um ihren Bericht zu schreiben.

Der Besuch bei der ehemaligen Ehefrau des obdachlosen Wilhelm Rüter war erschütternd. Jutta, die Ex-Ehefrau des Opfers, hat Vivian berichtet, wie es mit ihrem Ehemann durch seine schwere Alkoholkrankheit zur Katastrophe kam. Dauernde Jobwechsel, häusliche Gewalt und die Kündigung der Wohnung, bedingt durch Mietrückstände. Das hatte Jutta fünfzehn Jahre mitgemacht. Nachdem ihr Ehemann den dritten Entzug abbrach, zog sie die Reißleine. Sie verließ ihren Gatten. Sah ihn zuletzt beim Scheidungstermin. Jutta war merklich betroffen, wie sie hörte, auf welche Art ihr Ex ums Leben kam.

*

Malte Caskorb hört gesetzeswidrig den Polizeifunk ab. Er hatte zufällig auf seinem alten Weltempfänger bei der Sendersuche die Frequenz der Polizei erwischt. Mit Interesse verfolgt er seit zwei Stunden die Suche nach einem Jungen, der sich verlaufen hat. Man spricht von einem Maisacker. Später meldet ein Pilot Backgammonstrukturen im Mais. Malte ist elektrisiert, die suchen nach diesen obdachlosen Menschen, die Helmer und Cord umgebracht haben.
Malte ist im Zwiespalt, rennt er zur Polizei, oder warnt er die beiden Freunde. Malte entscheidet sich für Letzteres.
Er greift zum Mobiltelefon und benachrichtigt Cord, der auf seiner Arbeitsstelle verweilt.
«Ihr müsst verschwinden, die sind euch auf der Spur!», ruft er ins Telefon und berichtet, was er gehört hat.
«Behalte die Fassung, wenn wir abdampfen dann alle drei! Damit das klar ist. Du bist mit im Boot, falls es untergeht!»
Cord findet deutliche Worte.

Malte, der vermutet hat, dass seine Freunde ihn nicht aus der Sache rauslassen, schlägt einen alten Bauernhof in der Normandie vor. Dieser Hof ist seit einer Erbschaft im Besitz seiner Familie und ist nie in die eigene Nutzung gekommen. Der Weg war zu weit und die Landwirtschaft nicht von Interesse. Der Hof wurde mit der Unterstützung eines französischen Bekannten als Ferienhaus vermietet.

«Da ist alles karg und verwildert, ein geeignetes Versteck über lange Zeit», bietet er den Hof in Frankreich an.

«Ok ich spreche mit Helmer und gebe Bescheid», antwortet Cord Juskowiak knapp und beendet das Gespräch.

*

Helmer Wilbau hat die letzten Tage Gewissensbisse. Er ist hin und hergerissen von seinem Verhalten. Auf einer Art hasst er diese Penner, zum anderen stellt er seine Untaten fortgesetzt infrage. In seiner Not ruft er seine Schwester in Kallstadt an und berichtet ihr unter dem Siegel der Verschwiegenheit, die komplette Geschichte.

Andrea Wilbau induziert ihm gegenüber, schwere Vorwürfe und drängt mit Nachdruck darauf, dass er sich der Polizei stellt.

«Die helfen dir, auch wenn du ins Gefängnis einfährst, eigenhändig kommst du da nicht mehr raus!», gibt sie ihm mit auf den Weg.

Wie Helmer das Gespräch beendet, bereut er, das er seiner Schwester alles erzählt hat. Sie verrät ihn nicht, nein das nicht. Auf jeden Fall ist nun der Druck, der auf ihn lastet größer, das hat er vor dem Anruf nicht bedacht.

Helmer schaut das Frühstücksfernsehen und sinniert über das

Gespräch mit der Schwester nach, wie das Telefon klingelt.

«Helmer Wilbau», meldet er sich.

«Ich bin es Cord, es ist unverzichtbar, dass wir uns treffen! Sagen wir in einer Stunde bei Dante in Harsefeld», schlägt Cord direkt vor.

«Warum?», fragt Helmer.

«Nicht am Telefon, komm umstandslos her!», raunzt Cord in den Hörer und legt auf.

Er hat keine Lust auf Diskussionen, Helmer war zuletzt ungeheuer grübelig, das passt ihm nicht. Malte, der wieder mit im Boot ist, willigt sofort ein und begibt sich direkt auf den Weg nach Harsefeld.

Kapitel 8

Kriminalhauptkommissar Kleinemeier sitzt mit Staatsanwalt Gunnar Zipperlein im Funkwagen der Führungseinheit. Über den Funk verfolgen sie die Einsatzkräfte. Ihr Problem ist die Zeit. Fiete hat in Entsprechung zur Prognose der Mediziner, den Zenit seiner Überlebenschance überschritten.

Das ganze Team drückt die Daumen und hofft auf ein erfreuliches Ende der Suchaktion. Fünf Uhr dreißig zeigt das Zeiteisen. Seit einer halben Stunde sind die Suchtrupps im Maisfeld unterwegs, um den Jungen zu suchen. Bisher haben sie keine Spuren gefunden.

Ein Helikopterpilot, der zur Unterstützung aus Hamburg kommt, meldet sich über den Funk an. Er berichtet von komischen Zeichen im Maisfeld.

«Das ist ein Backgammonspiel!», klärt ihn der Einsatzleiter auf.

Just in diesem Moment fällt ihm der Pilot ins Wort.

«Da liegt was am nördlichen Rand des Spielfeldes, ich erkenne es wegen der Dämmerung unklar, es ist dessen ungeachtet deutlich ein Mensch», meldet der Pilot, der das Backgammonfeld inmitten des Maisackers zu Beginn seines Einsatzes umfliegt.

Sofort koordiniert Kriminalhauptkommissar Heino Kleinemeier die Suchmannschaften auf den genannten Zielpunkt.

«Das sind vierhundert Meter, bis die ersten dort sind ...», sagt er zum Staatsanwalt und sprintet aus dem Wagen der Einsatzleitung.

Heino springt in seinen Dienstwagen und ist im Begriff durchzustarten, wie der Wagenschlag aufgerissen wird und der Ankläger hineinspringt.

«Ich fahre mit!», ruft dieser außer Atem.

Heino gibt Gas und fährt entlang des Feldes auf einem Wirtschaftsweg bis er ca. 50m von dem Punkt entfernt ist, den der Pilot genannt hat, dort stellt er den Wagen ab.

Zusammen mit dem Staatsanwalt bahnt er sich einen Weg durch den Mais. Hin und wieder hocken sie sich hinunter, um sich umzuschauen.

«Nichts, hier ist niemand», schimpft Gunnar Zipperlein und kehrt am liebsten wieder um.

Kleinemeier hastet weiter, er vertraut den Angaben des erfahrenen Piloten. Zipperlein folgt murrend, er hat Angst das er sich, wenn er umkehrt, im Maisfeld verläuft.

«Dort ist was!», ruft Heino Kleinemeier und sprintet los.

Auf einem Haufen zusammengetragener Maisstauden liegt der Gesuchte. Heino beugt sich über den schmalen Körper und kontrolliert die Vitalfunktionen.

«Da ist kaum Leben drin!», ruft er dem Staatsanwalt zu, der soeben aus dem Mais heranstürmt.

«Ich rufe die Rettung! Es ist erforderlich das die hier vor Ort Landen», sagt Gunnar Zipperlein und fordert den Helikopter der Luftrettung an.

«Komm, wir schaffen Platz», ruft Heino dem Staatsanwalt zu.

Mit bloßen Händen legt er los den Mais in der unmittelbaren Nähe herauszureißen. Die eintreffenden Suchtrupps beteiligen sich bei ihrer Ankunft sofort an der Aktion und im Nu ist ein adäquater Landeplatz geschaffen.

Ein Sanitäter und der Bereitschaftsarzt kümmern sich um Fiete. Sie legen Zugänge und führen dem ausgemergelten Körper über einen Tropf Flüssigkeit zu.

«Sieht nicht positiv aus für den halbwüchsigen», sagt der Notarzt und schüttelt resigniert den Kopf. «Er ist enorm dehydriert. Wenn der Junge das schafft, hat er einen unbändigen Überlebenswillen.»

Heino Kleinemeier schaut nach oben, der Helikopter ist im Anflug. Das Notarztteam verlädt Fiete in den Rettungshubschrauber und fliegt ihn in die Universitätsklinik nach Hamburg Eppendorf. Der Arzt vom Heli ist zuversichtlich, hat Heino den Eindruck. Der mongoloide Junge hat es ihm angetan.

«Ich werde alles in Bewegung setzen, um die Täter zu fassen!», sagt er erbost, wie ihm am Abend die Spurensicherung ihr vorläufiges Ergebnis mitteilt.

*

Die drei Freunde sitzen gemeinsam bei Dante in Harsefeld und frühstücken. Sie sind heute die ersten Gäste, warten in der Außenanlage, da das Restaurant bisher nicht geöffnet hat. Malte schildert noch mal, was er im Polizeifunk gehört hat.

«Die Suchen diesen Mogli, den wir bei Kutenholz vergraben haben!», ruft Helmer aufgeregt aus.

«Erinnerst du dich, wie uns da das Wildschwein verscheucht hat?» Cord nickt gedankenversunken.

«Du hast dereinst gesagt das, der Mogli tot ist! Wieso suchen die den zum jetzigen Zeitpunkt, lebt der am Ende?»

«Ich habe keine Ahnung, vermutete das, der tot ist!»,

antwortet Helmer verschnupft.

«Freunde, es nutzt partout nichts, wenn wir uns hier gegenseitig die Köpfe einschlagen. Das Kind scheint in den Brunnen gefallen zu sein und wir benötigen hier eine Lösung, die wir gemeinsam Tragen.»

Malte versucht, die Gemüter zu beruhigen, was ihm leidlich gelingt. Er berichtet wieder von dem alten Hof in der Normandie und erhofft sich eine Antwort der beiden Freunde.

«Deine Idee ist nicht übel, bedarf bei alledem Vorbereitung. Wir sind gehalten, unauffällig zu verschwinden, das heißt, das wir Urlaub einreichen. Zumindest um die ersten fünf Tage zu überbrücken, damit uns hier niemand vermisst», sagt Cord.

Gemeinsam planen sie die Flucht. In zwei Tagen solls losgehen. Zunächst bis Hamburg mit dem Auto, ansonsten weiter mit der Bahn. Zum Abschied geben sich alle die Hand. Wie ein Schwur, findet Malte und steigt auf sein Fahrrad.

*

Kriminalhauptkommissar Heino Kleinemeier trifft mit Kriminaloberkommissarin Vivian Steffens in der Rechtsmedizin ein. Dr. Grit Birkenfels steht mit Staatsanwalt Zipperlein im Sezierraum, wie jeder einen Kaffeepott in den Händen hält, trägt Dr. Birkenfels ihr Ergebnis vor.

«Der Tote ist fünfundvierzig Jahre alt und heißt Albert Michelsen, er war obdachlos und kommt ehemals aus Wesel am Rhein. Seine letzte Meldeadresse ist das Sozialamt in Stade. Der Tote ist erstickt. Ich habe Spuren von einer Plastikeinkaufstüte in seiner Mundhöhle sichergestellt. Er erlitt einen qualvollen Erstickungstod.

Das Opfer war an Händen und Füßen gefesselt. Um seinen Hals war zusätzlich ein Expander-Gummi, mit dem die Tüte am Hals fixiert war.»

Dr. Birkenfels schaut auf und bemerkt das Erschrecken in den Gesichtern ihrer Zuhörer. Die vor ihr stehen und sich an ihren Kaffeebechern festhalten.

«Wer macht so was?», findet der Staatsanwalt zuerst seine Worte wieder.

«Das herauszubekommen ist eure Aufgabe. Ich werde mich inzwischen dem Innenleben des Herrn widmen», sagt die Rechtsmedizinerin und schaut den Ermittlern schmunzelnd nach, die es unversehens eilig haben den Sezierraum zu verlassen.

*

Heino und Vivian begeben sich nach dem Besuch in der Rechtsmedizin auf den Weg nach Eppendorf, um sich über das Allgemeinbefinden von Fiete zu erkundigen.

Der Oberarzt, den sie zuerst konsultieren, ist zuversichtlich, was den Gesundheitszustand des Jungen betrifft.

«Der Kleine ist ein Kämpfer, er wünscht sich, rasch wieder zu gesunden», berichtet der Doktor.

«Die Stationsschwestern haben ihn in ihr Herz geschlossen und spielen Backgammon mit ihm. Verdammt gewitzt, wie der Knabe spielt, das bedarf langer Übung. Mit einer Trisomie 21 gelingt das nicht geschwind mit dem Lernen», erklärt der Stationsarzt den beiden Kriminalen.

Kriminalhauptkommissar Kleinemeier bedankt sich für die Informationen und eilt mit Vivian zum Patientenzimmer des Jungen. Ein Beamter der Hamburger Polizei vor der Tür, prüft ihre Ausweise, nachfolgend lässt er sie passieren.

Fiete sitzt freudestrahlend im Schneidersitz auf dem Bett und begrüßt die beiden Besucher herzlichst.
«Du hast mich gefunden, ich kenn dich», ruft er und wirft sich Heino, der sich aufs Bett gesetzt hat, in den Arm.
Heino, der sich ad hoc nicht auskennt, wie er sich verhalten soll, ist berührt und streicht dem Jungen übers blonde Haar.
«Ja ich habe dich gesucht und gefunden. Wie fühlst du dich Fiete?»
«Gut! Ziemlich Gut, die Schwestern bringen Essen und Naschkram, das ist doch prima oder?», antwortet Fiete.

Vivian hat Probleme, sich auf die brabbelige unverständliche Sprache des Halbwüchsigen Fiete einzulassen. Heino dagegen erkennt nach kurzer Eingewöhnung jedes Wort, er hat einen ausgezeichneten Draht zu Fiete gefunden und flachst mit dem Jungen herum. Vivian Steffens sitzt passiv daneben und beobachtet die beiden.
«Die haben mir das Backgammonspiel geklaut!», berichtet Fiete empört.
«Wo war das? Weißt du das?»
«Klar bin nicht bekloppt! War bei Backeltrog am Tor, in der Nacht, es war längst finster», schildert Fiete verunsichert den Überfall.
«Ham mich gehauen und mitgenommen. Ich bin schlau, hab toter Mann gespielt, habe ich öfters mit Albert geübt.»

Kriminalhauptkommissar Heino Kleinemeier wird einiges klar und er hat eine Vorstellung davon, was passiert ist.

Um den Jungen nicht zu überfordern, bricht er das Gespräch ab und verabschiedet sich mit Vivian.
Fiete winkt ihnen schelmisch hinterher.

«Prächtiger Kerl, dieser Fiete», schwärmt Vivian Steffens.
Sie ist angetan vom Lebensmut von Fiete.
«Man darf nicht vergessen, gestern hat der noch um sein Leben gekämpft!»
Das mit dem Verstehen der ungewohnten Laute des mongoloiden Fiete war zum Schluss besser. Zurück in der Dienststelle knien sie sich sofort in die Arbeit, um die Täter dingfestzumachen, da sind sie sich alle einig.

Kapitel 9

Zwei Tage später früh um sechs Uhr Bahnhof Hamburg-Harburg. Malte hat eine Bahnverbindung für sich und seine Freunde herausgesucht. Sie fahren fürs Erste nach Köln, von dort reisen sie weiter Richtung Bruxelles, um später in Lille, ihrem Ziel einzutreffen.
In Hauptstadt von Flandern übernehmen sie ein Auto, mit dem sie gemeinsam in die Normandie fahren.
Malte hat sich Mühe gegeben und die jeweiligen Fahrkarten für die einzelnen Verbindungen separat gebucht. Alles auf einem Rechner des Compositecampus, um Spuren zu verwischen. Den Mietwagen hat Gustave, ein französischer Freund, in Lille vor Ort für ihn von privat angemietet.
Helmer und Cord sind fasziniert ob solch einer Planung.

Frohgelaunt besteigen sie den ICE nach Köln, jeder hat sich einen voluminösen Wanderrucksack gepackt, da vermuten die Mitreisenden, das es sich um eine Wandergruppe handelt, und schauen nicht haargenau hin. Das war Helmers Idee und es scheint zu klappen, sie werden von den anderen Fahrgästen kaum beachtet. In Köln haben sie eine Stunde Wartezeit, bis ihr Zug nach Bruxelles abfährt. Die Zeit nutzen sie, um sich bei einer nahe gelegenen Bank mit Bargeld zu versorgen. Jeder hebt um die Tausend Euro ab, das reicht vorerst. Bei Kölsch und Currywurst beraten sie, wie sie den gemeinsamen Aufenthalt auf dem Bauernhof zunutze machen.

«Jungs es ist Zeit! Der Zug kommt gleich auf Gleis drei an, lasst

uns aufbrechen», drängt Malte seine Freunde.
Den Weg nach Bruxelles nutzen sie, um Schlaf nachzuholen.
Die letzten beiden Tage waren stressig und kraftraubend.
Obendrein die täglichen Meldungen über diesen mongoloiden
Fiete, der zum Liebling der lokalen Medien mutiert ist.

*

Kallstadt, Rheinland-Pfalz. Andrea Wilbau ist auf dem Weg zu
ihrer Arbeitsstelle dem Hotel Kallstadter Hof, einem
gepflegten Drei-Sterne-Haus. Der Hotelbetrieb liegt zentral in
Kallstadt, ein paar Kilometer von der Autobahn entfernt und
ist eifrig gebucht.
Sie hat am Wochenende über das Gespräch mit ihrem Bruder
Helmer nachgedacht und einen Entschluss herausgearbeitet.
Sie versucht, wiederholt mit Helmer zu sprechen, um ihn
umzustimmen. Gelingt das nicht, verständigt sie die Polizei.
«Hallo guten Morgen Andrea. Angenehmes Wochenende
verlebt?», begrüßt sie Rainer der Rezeptionist aufmerksam.
«Ja war nett das Weekend», antwortet Andrea abwesend.

Im Personalbereich kleidet sie sich um und nimmt zunächst
ihre Arbeit auf. Andrea ist die Hausdame des Hotels und
zuständig für den Einsatz der drei Zimmermädchen. Nachdem
diese ihre Order haben, begibt sich Andrea Wilbau in den
Frühstücksraum. Sie schaut, ob alles für das beliebte
Frühstücksbuffet mit regionalen Spezialitäten aus Rheinland
Pfalz gerichtet ist. Ein paar Gäste, die sie gastfreundlich
begrüßt, sitzen beim Frühstück, es sind Wanderer, die den
nahen Pfälzer Wald erkunden. Durch seine Lage ist Kallstadt
ein ausgezeichneter Ausgangspunkt für Wanderungen im

Naturpark Pfälzer Wald. Es bietet eine breite gastronomische Palette von Feinschmeckerlokalen bis hin zu Weinstuben oder Straußwirtschaften mit deftiger, regionaler Küche.
Sehenswert sind die zahlreichen Fachwerkhäuser und Winzerhöfe sowie die Weinarkaden am Saumagenplatz.
Nach kurzem Small Talk mit den Gästen zieht sich Andrea zurück und versucht, ihren Bruder zu erreichen. Das ist seit gestern der fünfte Versuch. Alleweil ist die Mailbox dran.
Andrea gibt auf und benachrichtigt ihren Chef, dass sie in ihrer Frühstückspause außer Haus ist.

Um neun Uhr dreißig begibt sie sich auf den Weg zur örtlichen Polizeidienststelle. Sie hadert mit sich, ob es das Richtige ist, was sie macht. Nach kurzem Zögern betritt sie den Dienstraum der Polizei und trägt dem erstaunten Beamten ihr Anliegen vor.

*

Die drei Flüchtigen, Malte, Helmer und Cord haben Lille erreicht und den Pkw von Maltes Bekannten übernommen. Fürs Erste sind sie zwei Tage im Ibis-Budget-Lille-Centre Hotel untergekommen. Siebenundvierzig Euro mit Frühstück, für Frankreich ein Schnäppchen, findet Malte.
Am Abend bummeln sie durch die Stadt, um sich in die französische Mentalität einzufühlen. Um sich anzupassen, beobachten sie das Verhalten der Franzmänner untereinander. Sie gedenken nicht aufzufallen in ihrem Versteck, deswegen ist es von Belang, die Lebensart der Franzosen zu kopieren.
Mit deutschen Tugenden wie Pünktlichkeit, Ordnung und Obrigkeitsgehorsam kommen sie in Frankreich nicht weit.

Das ist ihnen nach kurzer Zeit klar. Es gefällt den dreien, wie die Franzosen mit ihresgleichen umgehen, das hat was von positiver Oberflächlichkeit.

*

Zwei Tage später, früh am Morgen fahren sie los in Richtung zur Normandie, genauer nach Carolles. Der alte Bauernhof liegt unweit der Klippen von Carolles, einem touristischen Ort am Ärmelkanal südlich der Halbinsel Cotentin, in der Bucht von Mont-Saint-Michel. Fünfeinhalb Stunden dauert die Fahrt. Malte überlässt Helmer das Steuer und übernimmt die Routenführung, Cord sitzt im Fond und versorgt die anderen mit Nahrung und Getränken. Es ist wie auf einem Urlaubstrip, nur das, es eine Flucht ist, vor den Häschern der deutschen Polizei.

Auf halber Strecke an einer Mautstation vertreten sie sich die Beine und gönnen sich einen, Café au Lait.
«Kaffeekochen haben die hier nicht drauf!», schimpft Cord und spuckt den Kaffee in einen nahen Busch.
«Hab dich nicht so, künftig kochen wir unseren eigenen Filterkaffee», beruhigt Malte den Freund.
Ihm liegt daran, dass sie unauffällig zum Bauernhof gelangen und nicht durch törichte Verhaltensweisen unnötig auffallen. Cord begreift rasch, dass er einen Fehler begangen hat, und entschuldigt sich bei den Freunden. In Gedanken versunken fahren sie schweigsam weiter.
Carolles ist eine bescheidene Gemeinde mit ca. 700 Einwohnern, die Gegend ist geprägt von lebhaften Klippen, die bis zu siebzig Meter aufragen und sich über fünf Kilometer von

Norden bis zum belebten Strand von Saint-Michel erstrecken. Der Ort ist im Sommer ein beliebter Treffpunkt für die Jugend. Sie fahren durchs Lude-Tal landeinwärts durch tote Felsklippen bis sie das Granitmassiv von Carolles erreichen.

«Dort hinten auf der linken Seite, da ist das Gehöft», ruft Malte euphorisch.

Die Freunde staunen nicht schlecht, wie sie das Landgut betrachten.

«Das ist ein Bauernhof?», fragt Helmer ernüchtert nach.

Die Wände und das Dach des Hauptgebäudes sind aus dämmergrauem Hornsteinpflaster, derweil die Apparatsteine kalkweiß und massiv das Erscheinungsbild prägen. Die Hofanlage erscheint anfänglich verwaist, wie sie durch den aus Granit gebauten Torbogen fahren.

«Da steht ein Auto», meldet sich Cord und zeigt auf einen alten R4, der vor einer bescheidenen Scheune steht.

Der Fahrer des R4 lehnt am Auto und winkt ihnen heiter zu.

«Das ist Gustave, der schaut hier nach dem rechten und bringt uns den Schlüssel.»

Gustave schreitet auf Malte zu und umarmt ihn vertraulich. Aufgeregt vergnüglich unterhalten sich die beiden in französischer Sprache, lebhaft gestikulierend hasten sie zum Wohnhaus. Helmer und Cord, die leidlich die französische Sprache sprechen, folgen ihnen.

«Oh, damit habe ich nicht gerechnet», entfährt es Helmer, wie er das Interieur des Hauses betrachtet.

Das alte Natursteinhaus ist in hohem Maße modern eingerichtet, da ist nichts, was man vermisst. Malte stellt ihnen Gustave als einen alten Freund vor und zeigt seinen

Gefährten mit breiter Brust das Haus.

Am späten Nachmittag nach einem genießbaren Kaffee verabschiedet sich Gustave und die drei Freunde richten sich ein. Gustave hat ihnen einen Lebensmittelvorrat für drei Wochen in den Vorratsraum gepackt. Vierhundertfünfzig Euro berappen sie dafür. Das ist nicht kostengünstig im Gegensatz zu Deutschland, für die drei Freunde trotz alledem in Ordnung. Dessen ungeachtet verlassen sie sich, nach Aussage von Malte, auf Gustave und das ist recht viel Wert in einem fremden Land.

*

Am Montag Morgen nervt Kriminalhauptkommissar Heino Kleinemeier das Telefon, ständig rufen besorgte Bürger an, um die Polizei bei ihren Untersuchungen bei den Obdachlosenmorden zu unterstützen. Dieses und jenes ist brauchbar, der überwiegende Teil der Anrufe hält die Ermittler von der Arbeit ab. Heino greift genervt zum Hörer.

«Kriminalhauptkommissar Kleinemeier, was gibts?», nuschelt er unwirsch in die Sprechmuschel.

«Polizeiposten Kallstadt, Kommissar Unterfänger. Ermitteln Sie in einem Fall von Obdachlosenmorden?»

«Ja wir sind inmitten der Ermittlung», antwortet Heino Kleinemeier augenblicklich aufmerksam, er merkt, dass der Anruf einer der Wichtigen ist.

«Da habe ich was für Sie. Hier hat sich heute Morgen eine Zeugin gemeldet, sie behauptet das, ihr Bruder in den Fall verwickelt ist», berichtet der Pfälzer Kommissar.

Er schildert, was die Dame bei ihm zu Protokoll gegeben hat, und gibt Heino Kleinemeier die Kontaktdaten.

«Alla, alla dann», sagt Kommissar Unterfänger zum Abschied, was auf Wiedersehen bedeutet.

«Alla, alla», antwortet Heino und grinst.

Wie rasch er sich auf die Pfälzer Mundart eingelassen hat, erstaunt ihn.

«Was grinst du denn so breit?», fragt Vivian Steffens, die just in diesem Moment das Büro betritt.

«Ach nichts, hab soeben einen aufschlussreichen Telefonanruf aus der Pfalz erhalten», sagt Heino und berichtet von seinem Telefonat.

«Das ist ja ein Ding! Das hilft uns sicher weiter, wenn da was dran ist.»

Vivian ist Feuer und Flamme, Heino gibt ihr die Kontaktdaten von Andrea Wilbau in Kallstadt und bittet sie mit Einfühlungsvermögen, von Frau zu Frau mit der Dame zu telefonieren. Kriminaloberkommissarin Steffens begibt sich sofort an die Arbeit und ruft Andrea Wilbau in Kallstadt auf ihrer Arbeitsstelle an.

Sie erfährt das Helmer Wilbau der Bruder von Andrea, ihr den Rechtsbruch am Telefon gebeichtet hat. Ob da Mittäter mit im Spiel sind, bestätigt sie nicht. Da Helmer ihr einzig von sich und seinen Empfindungen berichtet hat.

«Fragen Sie bei seinen Backgammonfreunden nach, gegebenenfalls sind die im Bilde», schlägt Andrea Wilbau vor.

«Wissen Sie denn wie die Burschen heißen mit denen Helmer Backgammon spielt?», hakt Vivian nach.

«Ja klar, das sind Malte Caskorb und Cord Juskowiak, die wohnen beide in der Umgegend von Stade», antwortet Frau Wilbau.

Vivian notiert sich die Namen und bedankt sich vorerst für das aufschlussreiche Gespräch.

Inzwischen ist das Protokoll aus Kallstadt per Mail eingetroffen, Vivian fügt das Puzzle zusammen und ergänzt fehlende Fakten. Die persönlichen Daten der Backgammonfreunde hat sie rasch beisammen. Das Ergebnis trägt sie im Beisein ihres Chefs dem Staatsanwalt Gunnar Zipperlein in seinem Büro vor.
«Ja, da haben wir auf jeden Fall einen Ansatz! Ich kümmere mich um die Durchsuchungsbeschlüsse für die Verdächtigen», prescht Zipperlein vor.
«Ein Spinner!», sagt Vivian zu Heino, wie sie die Staatsanwaltschaft verlassen.
«Es ist Gefahr in Verzug! Da brauchen wir keinen Beschluss!»
«Stimmt! Ich denke, er will uns da absichern», beschwichtigt Heino.
«Was hältst du davon, wenn wir in der Sattelmacherstraße einen Kaffee trinken», beruhigt er seine Kollegin.
«Ok bummeln wir ein wenig.»
Vivian hakt sich unter und gemeinsam spazieren sie in die Innenstadt.

Kapitel 10

Kriminalkommissar Jörg Merkens ist auf dem Weg nach Hamburg Eppendorf. Heute wird Fiete entlassen und Jörg hat sich extra freigenommen, um den Buben persönlich abzuholen. Fiete ist in der letzten Woche zum Liebling der Stader Bürger gediehen. Die Presse hat ganzseitig über das Schicksal des Jungen berichtet. Jörg ist bemüht, Fiete vor den Ereignissen die auf ihn zukommen zu schützen. Er hat Angst das es den Genesenen einstweilen überfordert und gibt gerne Hilfestellung, sodass Fiete lernt, wie er damit umgeht.

Schwester Gisela, die Stationsschwester empfängt Jörg herzlich, sie haben im Vorfeld miteinander telefoniert und die Pflegefachkraft begrüßt das Ansinnen des Kommissars. Jörg überreicht ihr eine Tasche mit neuer Bekleidung für Fiete, die er in Stade extra eingekauft hat. Die Größen hat Krankenschwester Gisela ihm vorab mitgeteilt. Nach einer halben Stunde des Wartens steht Fiete geschniegelt und gestriegelt, wie man sagt, vor Jörg und freut sich.
«Coole Jeans haste mir geschenkt, alles echt nobel», sagt Fiete und steht ein kleinwenig unbeholfen vor Jörg.
Jörg hebt die Hand zum Highfive, Fiete strahlt und schlägt ein. Gemeinsam verlassen sie durch einen Seitenausgang das Klinikum. Fiete sitzt vorn im Auto und schaut voller Begeisterung auf den Hamburger Verkehr. Eine Autofahrt ist für ihn Neuland, er fragt Jörg, der nachsichtig antwortet, Löcher in den Bauch.
Fiete ist aufgekratzt, da er wieder nach Stade seiner Heimat

zurückkann. Fürs Erste bringt Jörg Fiete ins Jugendhaus im Neuwerk, hier hat er Fiete einen vorübergehenden Platz besorgt. Das ist zunächst für vier Wochen, bis Fiete sich physisch stabilisiert hat und bis die Täter inhaftiert sind. Denn solange diese auf freiem Fuß sind, ist der Junge in Gefahr.

*

Heino Kleinemeier und Vivian Steffens sind zurück auf der Dienststelle, der Besuch des Cafés ist von Erfolg gekrönt, die Bedienung hat, nachdem sie ihr, Fotos der Backgammonspieler vorgelegt haben, diese eindeutig erkannt. Sie Planen das weitere Vorgehen. Kriminalkommissar Manuel Pieper und Jörg Merkens, der soeben aus Hamburg zurück ist, sind anwesend und beteiligen sich am Geschehen.

«Manuel leitet die Hausdurchsuchung bei Malte Caskorb in Agathenburg.»
«Jörg, du hast den Hut bei der Durchsuchung in Apensen bei Cord Juskowiak auf.»
«Vivian und ich kümmern uns um die Wohnung von Helmer Wilbau in Wiepenkathen. Wir arbeiten zeitgleich, um den Überraschungseffekt auf unserer Seite zu haben.»
Teilt der Kriminalhauptkommissar sein Team ein.
«Wann gehts los?», fragt Jörg nach.
«Heute Abend! Achtzehn Uhr und gebt acht», mahnt Heino zur Vorsicht.
«Wir wissen nicht wie und ob die bewaffnet sind. Jedes Team erhält Unterstützung von Spezialisten der Bundespolizei.
Für die weitere Zeitplanung bis zum Einsatz hat jeder Teamleiter die Eigenverantwortung.»

Die Kriminalen sich ihrer Aufgabe bewusst und begeben sich an die Vorbereitung. Kurz bevor sie abrücken, um die Hausdurchsuchungen durchzuführen, steht Dr. Grit Birkenfels die Rechtsmedizinerin in der Tür und wedelt mit ihrem Bericht über den letzten Maistoten.

«Hallo Grit, das passt zur Stunde nicht! Leg den Bericht getrost bei mir auf den Schreibtisch, ich schau ihn mir nachher an», ruft Heino Kleinemeier ihr zu und ist aus der Tür.

Die Rechtsmedizinerin legt, wie geheißen, den Bericht auf den Schreibtisch und verlässt kopfschüttelnd das Kommissariat.

*

Malte und Cord stehen mit ihren Tiefwathosen im hüfthohen Wasser des Mündungsdeltas des Ruisseau Le Lude und angeln. Das Fischen in der morgendlichen See ist für die beiden seit zwei Tagen wie ein Ritual. Cord hat vor Tagen die Angelausrüstung im Schuppen entdeckt und Malte zum Angeln überredet. Gleich am ersten Tag haben sie ordentlich Fisch mit nach Hause gebracht, das planen sie heute zu wiederholen. Am Morgen ist das Meer hier glatt wie ein Kinderpopo, erst gegen acht Uhr, wenn der Wind aufkommt, ändert sich das. Die beiden Freunde genießen es, bei Sonnenaufgang der Natur beim Erwachen zuzuschauen. Helmer war nicht zu bewegen mit ans Meer zu kommen, er schläft lieber bis in den Mittag hinein. Helmer hat sich arg verändert, seit sie hier sind. Ist wortkarg und reagiert oft unwirsch, wenn ihm was nicht passt.

Seine Freunde lassen ihn links liegen, um ihre Ruhe zu haben, und verrichten ihr eigenes Zeugs.

Helmer hat die letzte Nacht kaum geschlafen, grübelt immerwährend über das Gespräch mit seiner Schwester nach. Er wühlt fluchend in seinem Rucksack, da hat er gefunden, was er sucht. Ein Handy, von dem seine Freunde nichts erahnen. Sie haben sich vor Abreise versprochen ihre Handys zu Hause zu lassen.

Helmer starrt das Mobiltelefon lange an, er wählt die Nummer seiner Schwester. Sie sprechen kurz miteinander und streiten sich, Andrea fordert, dass er sich der Polizei offenbart.

Genervt beendet Helmer das Gespräch.

Er wirft das Handy zurück in den Rucksack und beschließt, an die frische Luft zu schlurren. Grad wie er das Haus verlässt, kommen seine Freunde vom Fischen zurück.

«Moin Helmer, ausgeschlafen?», begrüßt Cord den Langschläfer.

«Wir haben unser Mittagessen beisammen, vier kapitale Doraden und einen Wolfsbarsch haben wir heute Morgen gefangen», berichtet Malte euphorisch.

Helmer schaut sich den Fisch mit Interesse an und lobt die beiden Freunde ob des Angelergebnisses. Gemeinsam bereiten sie in der Outdoorküche den Fang fürs Mittagessen vor. Malte zaubert einen Kartoffelsalat nach Art seiner Großmutter, mit Gurken, Fleischwurst und gekochten Eiern. Helmer richtet den stattlichen Weber Grill her und bedeckt die Grillfläche mit Alufolie. Cord schneidet Kräuter und mariniert die Doraden, den Wolfsbarsch salzt er dezent mit grobem Meersalz.

Später beim Mittagessen, genießen sie das köstliche Mahl.

«Wie Gott in Frankreich», freut sich Malte und reibt sich den Bauch.

«Einzig, dass Gott sich nicht versteckt!», gibt Helmer zu bedenken.

«Du bist ein richtiger Miesepeter. Was ist los mit dir?» Cord schaut Helmer fragend an.

«Ach nichts, mir ist hier langweilig und ich wüsste gern, wie es weitergeht. Wir beabsichtigen ja nicht, uns ewig zu verstecken, oder?» Helmer steht auf und stakst ins Haus.

«Er hat recht! Wir sind gut beraten, wenn wir über die weiteren Schritte nachdenken», sagt Malte und räumt den Tisch ab.

*

Kriminalhauptkommissar Heino Kleinemeier steht mit seinem Team vor der Wohnungstür von Helmer Wilbau. Vivian Steffens, die begleitende Kriminaloberkommissarin drückt auf den Klingelknopf. Nichts, sie versucht es noch einmal, wieder nichts.

«Wir gehen rein!», entscheidet Heino und lässt die Tür durch einen Spezialisten der Bundespolizei öffnen.

«Hallo, ist jemand zu Hause», ruft er in den Hausflur, niemand meldet sich.

Das Team hastet unter gegenseitiger Sicherung von Raum zu Raum.

«Keiner da!», stellt Vivian fest.

Kriminalhauptkommissar Kleinemeier schickt, nachdem er sich für den Einsatz bedankt hat, die Bundespolizisten wieder zurück. Das, was hier zu erledigen ist, schaffen sie zu zweit. Sie bewegen sich in einer für einen Junggesellen erstaunlich aufgeräumten Wohnung. Alles hat seinen Platz und ist ordentlich verräumt. Im Bad stellt Vivian fest, das die

Utensilien des täglichen Bedarfs, wie Rasierzeug, Zahnpasta, Duschgel und Shampoo fehlen. Heino bemerkt im Schlafzimmerschrank einen nicht unerheblichen Fehlbestand an Bekleidung. Sie recherchieren den Arbeitgeber, einen Schornsteinfegermeister aus der Samtgemeinde Fredenbeck. Im Telefonkalender finden sie die Anschrift der Schwester in Kallstadt.

Aus einem Gefühl heraus folgt Vivian einer inneren Stimme und ruft die Dame an. Sie erfährt, das Andrea Wilbau erst gestern mit ihrem Bruder telefoniert hat.

«Haben Sie die Mobilnummer ihres Bruders? Ich spreche mit ihm, wenn Ihnen das Recht ist», bittet Vivian um die Nummer.

«Ja klar, die gebe ich Ihnen. Machen Sie sich keine Hoffnung, Helmer ist ein sturer Esel», antwortet Andrea Wilbau resigniert.

Vivian erhält die Wählzeichen und beendet das Gespräch.

«Das ist ja pfiffig», lobt Heino seine Kollegin und ruft sofort den Staatsanwalt an, damit der eine Ortung beantragt.

Sie kassieren das Laptop und unzählige Aktenordner von Helmer Wilbau ein, versiegeln die Wohnung und fahren zur Dienststelle.

*

Kriminalkommissar Manuel Pieper steht mit seinem Trupp in Agathenburg vor der Tür des Apartments von Malte Caskorb. Rasch ist klar das, der Bewohner nicht anwesend ist und Manuel lässt die Tür öffnen.

Nachdem die Wohnstatt sicher ist, entlässt Kriminalkommissar Pieper seine Begleiter und schickt sie zurück in die Dienststelle. Mit Latexhandschuhen durchsucht er die

Schränke im Wohnraum. In einem zur Voliere umgebauten Möbelstück entdeckt er ein Hermelin. Da der Zustand des Tieres tadellos ist, ist für Manuel klar, das Malte Caskorb am Composite-Campus in Stade seinem Studium nachgeht. Er hat diesbezüglich Unterlagen im Schreibtisch gefunden.

Wie er sich im Schlafraum zu schaffen macht, hört er einen Schlüssel in der Wohnungstür. Sofort zieht er seine Waffe und begibt sich hinter der Tür in Deckung. Er wartet ab, bis der Besucher eingetreten ist.

Erstaunt stellt er fest, dass es entgegen seiner Erwartung eine Person weiblichen Geschlechts ist, die das Apartment betritt. Rasch steckt er seine Waffe wieder ein und räuspert sich.

Wie angewurzelt bleibt die Dame stehen.

«Keine Angst, ich bin von der Polizei», sagt Manuel in einem friedvollen Ton und zeigt der verschreckten Dame seinen Dienstausweis.

«Wer sind Sie und warum sind Sie hier in der Wohnung?», befragt Manuel die Dame.

«Ich bin Urte Juskowiak, die Besitzerin des Apartments und ich schaue hier nach dem Rechten, da mein Mieter im Urlaub ist!», berichtet Urte Juskowiak unwirsch.

«Entschuldigen Sie das ich hier eingedrungen bin, das geschah auf richterliche Anordnung», sagt Kriminalkommissar Pieper und überreicht der Vermieterin den Durchsuchungsbeschluss.

«Was hat Malte denn verbrochen?», fragt die Dame nach.

Manuel ignoriert die Frage einstweilen und stellt seinerseits Nachfragen.

«Sagen Sie, ihr Name Juskowiak? Kennen Sie einen Cord Juskowiak?»

«Klar kenn ich den, das ist mein Bruder und zufällig, ein

Freund von Malte Caskorb. Warum fragen Sie das alles? Ist was passiert?»

«Da ist schon so einiges passiert! Wir suchen die beiden im Zusammenhang mit einem Tötungsdelikt», sagt Manuel.

«In einer Mordermittlung? Da sind sie mit Sicherheit gewaltig auf dem Holzweg», verkündet Urte Juskowiak und lacht.

Manuel beordert die Dame für den nächsten Morgen ins Kommissariat und sucht weiter nach Spuren, nachdem Urte Juskowiak die Wohnung verlassen hat.

*

Bei Jörg Merkens in Apensen sieht es ähnlich aus, auch hier ist der Vogel ausgeflogen. Kriminalkommissar Merkens hat sich im Vorfeld über seinen Protagonisten schlaugemacht. Cord Juskowiak ist der älteste der drei Freunde, mit seinen zweiunddreißig Jahren weist er einen Hochschulabschluss und eine Ausbildung zum Industriemechaniker Maschinen- und Anlagenbau vor. Obendrein hat er die Meisterschule absolviert. Juskowiak arbeitet in Finkenwerder bei einem Betrieb, der Fertigungsanlagen für den Flugzeugbau optimiert. In der Doppelgarage, die ebenso Werkstatt ist, steht ein komplett aufgearbeiteter VW-Scirocco.

Jörg Merkens, der sich in der Wohnung umgesehen hat, wundert sich. Solch einen Wagen lässt man nicht stehen. Er öffnet die Schränke in der Werkstatt und findet in einer Schublade ein schmales Buch im Ledereinband.

Jörg öffnet das Büchlein und ist angetan. Es ist das Tagebuch von Cord Juskowiak. Mit dem Memoire, einem Computer und unzähligen Akten begibt er sich spät auf den Weg nach Stade. Wie Kriminalkommissar Merkens die Dienststelle erreicht, verweilen die Kollegen längst im Dienstschluss. Jörg nimmts sportlich, er setzt sich mit einer Cola und Chipsletten hinter seinen Schreibtisch und wertet das Tagebuch aus.

*

Andrea Wilbau sitzt in ihrem vollgepackten Passat Kombi und fährt soeben auf den Rastplatz Krachgarten an der A5.
Auf einer Bank an der Raststation trinkt sie einen Kaffee aus ihrer Thermosflasche und raucht eine Zigarette. Faktisch hat sie vor einem halben Jahr aufgehört zu rauchen, der Stress mit Helmer hat zur Folge, dass sie wieder dem Nikotin hinterherläuft.
Andrea Wilbau hat am Morgen ihre Arbeitsstelle gekündigt und ist auf dem Weg nach Stade. Sie hat in den sozialen Medien verfolgt, was mit dem mongoloiden Fiete passiert ist und sich vorgenommen, dem Burschen zu helfen.
Es ist eine Wiedergutmachung für das, was ihr Bruder angestellt hat. Fürs Erste plant sie, in die Wohnung ihres Bruders einzuziehen. Mit dem Wohnungsvermieter ist sie sich rasch einiggeworden, nachdem sie ihm den Sachverhalt erklärt hat. Klar der ist bestrebt die Wohnung zu vermieten, dass Helmer dort wieder auftaucht, damit rechnet er nicht.
Nach einer angemessenen Pause fährt Andrea Wilbau weiter in Richtung Norden, sie freut sich auf ihre neue Aufgabe.
Als Hotelfachkraft sieht sie keine Probleme in der Jobbeschaffung, Fachkräfte sind durchgehend gefragt.
Unterwegs telefoniert sie mit einer Jobbörse für Servicepersonal, unter Umständen ergibt sich ja was.

*

Staatsanwalt Zipperlein ist früh ins Kommissariat gefahren. Er plant zu Dienstbeginn ein Brainstorming, um voranzukommen. Jeder der Kriminalisten soll seine Ergebnisse der gestrigen Durchsuchungen vortragen, in der Folge verschafft er sich einen Überblick, um die Lage besser einzuschätzen. Er schaut auf seine Armbanduhr, wie Dr. Grit Birkenfels den Raum betritt.

«Oh, Moin Gunnar, was stehst du früh hier herum?», begrüßt sie ihren Ex-Freund.
«Ich warte auf die Damen und Herren Kommissare», sagt Zipperlein und schaut wieder auf seine Uhr.
«Neue Uhr?», fragt Grit.
«Nee, wie kommst du da denn drauf?»
«Dachte nur weil, du oft hinschaust.»
Dr. Birkenfels wendet sich ab, damit der Staatsanwalt nicht ihr grinsen sieht.
Bevor Gunnar antworten kann, betreten Vivian und Heino den Dienstraum.
«Moin, haben wir was nicht mitbekommen?», fragen sie in die Runde.
«Nein nein, ich hatte die Idee das, wir heute zu Beginn ein Brainstorming verrichten, um die weitere Vorgehensweise festzulegen», erklärt sich der Staatsanwalt.

Vivian Steffens verteilt Automatenkaffee, kurz darauf trudeln die fehlenden Kommissare Pieper und Merkens ein. Gunnar Zipperlein eröffnet die Denkrunde und das Team berichtet sich gegenseitig von den Ergebnissen und Eindrücken des vorherigen Abends. Im Endergebnis stellen sie fest das, die drei Backgammonfreunde sich verdrückt haben.

Auf ihren Arbeitsstellen haben Helmer Wilbau und Cord Juskowiak Urlaub eingereicht. Malte Caskorb hat sich in Absprache mit seinem Tutor, für drei Wochen eine Auszeit vom Studium genommen.

Das Tagebuch, von dem sich Jörg Merkens eine Menge versprochen hat, ist das Schraubertagebuch für den Aufbau des Scirocco.

«Los Männer! Recherche, Recherche, Recherche ich will wissen, wo die hin sind!», skandiert der Staatsanwalt.

«Herr Merkens, schauen Sie sich einmal die Rechner der Tatverdächtigen an.» Ermutigt Zipperlein den Kriminalkommissar.

Jörg setzt sich sofort daran und ist nicht mehr ansprechbar. Heino Vivian und Manuel widmen sich den Akten, die sie sichergestellt haben.

«Hallo, guten Morgen, bin ich hier bei der Mordkommission?» Vivian schaut auf, vor ihr steht eine Dame und knetet nervös ihre Handtasche mit den Händen durch.

«Wer sind Sie und wie kann ich Ihnen helfen?», fragt Vivian die Dame.

«Urte Juskowiak, die Schwester von Cord Juskowiak und die Vermieterin von Malte Caskorb», antwortet die Dame.

«Herr Pieper hat mich einbestellt.»

«Manuel, kommst du mal her?», ruft Vivian ihren Kollegen, der die Ankunft von Urte Juskowiak nicht mitbekommen hat.

Manuel Pieper hastet mit hochrotem Kopf heran und begrüßt Urte Juskowiak. Manuel bittet Vivian, bei der Anhörung der Dame dabei zu sein, was sie gerne wahrnimmt. Auf dem Weg zum Anhörungsraum brieft er Vivian kurz. Er hatte am Morgen im Brainstorming vergessen, zu erwähnen, das Juskowiak ein Geschwister hat. Vivian schüttelt verhalten den Kopf, kann sich ein Lächeln nicht verkneifen.

Die Schwester von Cord Juskowiak berichtet davon, das die drei Tatverdächtigen vorhatten nach Schottland zu fahren, um dort zu wandern. Wo exakt haben ihr Bruder oder Malte Caskorb, ihr Mieter nicht erzählt.

Vivian und Manuel bringen der Dame behutsam die Fakten ihrer Recherche bei. Urte Juskowiak ist empört und verlässt unter lautstarkem Geschimpfe die Dienststelle.

«Sie realisiert es eines Tages», seufzt Manuel empathisch.

«Es ist ohne Frage nicht unproblematisch, wenn man erfährt das, der Bruder ein Mörder ist.»

Vivian nickt verständnisvoll und tadelt Manuel Pieper für seinen Fauxpas, den er sich geleistet hat, wie er versäumte die Schwester, zu erwähnen.

*

Andrea Wilbau hat es mittlerweile bis zur Raststätte Harz Ost geschafft. Nach dem Tanken trinkt sie im Coffee Fellows einen Cappuccino und gönnt sich dabei ein Stück Marzipantorte. Eine halbe Stunde später ist sie wieder auf der Autobahn.

Am frühen Abend trifft sie an der Wohnung von Helmer in Wiepenkathen ein.

Wie sie die Haustür aufschließen will stutzt sie, die Tür ist mit einem Polizeisiegel versehen.

Andrea Wilbau ist verunsichert und setzt sich vorerst wieder in den Wagen. Im Folgenden ruft sie die Kommissarin an, mit der sie zuletzt gesprochen hat, die war nett und hilft ihr sicher.

Genauso ist es, nachdem Andrea ihr alles erklärt hat, gibt Kriminaloberkommissarin Steffens in Rücksprache mit der Staatsanwaltschaft die Wohnung frei.

Andrea Wilbau löst das Polizeisiegel und betritt die Bleibe ihres Bruders. Aufgeräumt fällt ihr spontan auf, wie sie die Ordnung und Sauberkeit der Wohnung betrachtet. Sie bewundert seit Längerem, das Helmer die Ordnungsliebe, seit seiner Bundeswehrzeit verinnerlicht hat. Nachdem Andrea ihr Gepäck hineingetragen hat, verstaut sie alles in die zuvor leer geräumten Schränke. Die Anziehsachen ihres Bruderherzes verpackt sie in stattliche Plastiksäcke und bringt sie in den Keller. Sie hat die Wohnung ihres Bruders ohne Gefühlsduselei übernommen.
Morgen unterzeichnet sie den geänderten Mietvertrag. Darauffolgend hat sie sich gegen Mittag mit der Oberkommissarin verabredet, um über Fiete zu sprechen. Ein bescheidenes Pastagericht und eine heiße Dusche schließen ihren Tag ab.
Geschafft fällt Andrea Wilbau ins Bett und schläft augenblicklich ein.

Kapitel 11

Kriminaloberkommissarin Steffens legt den Telefonhörer auf und reflektiert das soeben geführte Gespräch. Sie steht auf und schreitet hinüber zu Kriminalkommissar Jörg Merkens Arbeitsplatz.

«Jörg, ich habe just ein bewegendes Telefongespräch geführt. Andrea Wilbau, die Schwester des gesuchten Helmer Wilbau, hat ihre Arbeitsstelle in Kallstadt gekündigt und zieht heute in die Wohnung ihres Bruders in Wiepenkathen ein.»

«Und was hat sie vor, auf ihren Geschwister warten?»

«Das ist es ja, sie würde sich gerne um Fiete kümmern! Weil der ja keinen Menschen hat, der ihm wieder auf die Beine hilft», berichtet Vivian Steffens vom Anliegen der Andrea Wilbau.

«Wie? Ich glaube, bei der piept es! Was bezweckt sie damit?»

«Ich denke, sie hat vor, die Verbrechen ihres Bruders auf ihre Art wiedergutzumachen», versucht Vivian eine Erklärung.

«Was hältst du von der Idee das wir beide Morgen mit ihr zu Fiete fahren? Da sehen wir, ob sie es ehrlich meint mit dem Burschen», schlägt Vivian ihrem Kollegen vor.

«Ist mir recht, wenn Heino einverstanden ist. Hier und Heute ist Feierabend! Es ist spät.»

Gemeinsam verlassen sie das Kommissariat.

Auf dem Weg zum Parkplatz besprechen sie, wie sie mit Andrea Wilbau umgehen.

*

Dr. Grit Birkenfels die Rechtsmedizinerin, versucht, wiederholt bei Kriminalhauptkommissar Kleinemeier vorzusprechen, um das Ergebnis der zurückliegenden Obduktion an den Ermittler zu bringen.

«Heino, ich habe hier das Ergebnis der Untersuchung des letzten Maistoten.»

«Das ist erfreulich. Ich hatte soeben vor dich anzurufen, um nachzufragen, ob du fertig bist», antwortet Heino Kleinemeier, er scheint abgelenkt und ist nicht bei der Sache.

«Das ist nicht dein Ernst! Seit einer Woche versuche ich, das Untersuchungsergebnis hier an euch zu übergeben. Ihr habt nichts anderes wie die Fahndung nach den drei Backgammonspielern im Sinn. Bist du gewillt, dir anzuhören, was ich herausbekommen habe, oder soll ich dir eine Mail schreiben?», reagiert Dr. Birkenfels ungehalten.

Erstaunt schaut Heino auf und sieht die Rechtsmedizinerin an. «Bitte?»

«Ist doch so! Für wen arbeite ich hier? Ich denke für eure Ermittlungen? Oder hat sich da was geändert!?»

Kriminalhauptkommissar Kleinemeier begreift langsam, dass er Grit einmal zu oft im Ermittlungsstress abgewimmelt hat.

«Es tut mir leid. Entschuldige, war nicht bös gemeint», beschwichtigt Heino die Verwirrung.

«Was hast du denn für mich?», fragt er nach dem Ergebnis der Obduktion.

Dr. Birkenfels, die sich wieder beruhigt hat, berichtet.

«Das Opfer heißt Peter Mansfeld und war vierundfünfzig Jahre alt. Das Opfer macht einen gepflegten Eindruck, ist kräftig und nicht unterernährt. Der Torso ward durch den Traktor weitestgehend zerstört. Bei alledem stelle ich eindeutig fest,

dass man den Toten brutal totgeprügelt hat.
Peter Mansfeld war unter dem Namen Hunde-Peter in der
Obdachlosenszene in Stade zuhause.»
Dr. Birkenfels überreicht Jörg eine Handakte und erklärt: «Die
übrigen Körperbeschädigungen entstanden vollumfänglich
postmortal.»
«Danke Grit.»
Heino ergreift die Akte und verlässt zusammen mit der
Rechtsmedizinerin, die wieder ein Lächeln im Gesicht hat, das
Büro.

*

Helmer Wilbau ist wieder mal für sich im Bauernhaus, er sitzt
in der Küche und starrt sein Mobiltelefon an. Der Akku ist leer,
wie ist das passiert? Er hatte das Telefon abgeschaltet. Oder
habe ich das vergessen? Shit! Hoffentlich hat uns keiner
geortet, überlegt er reflexhaft. Behände schließt er das
Mobiltelefon ans Netz, um den Akku zu laden.
Am Abend plant er, mit seiner Schwester zu telefonieren, um
zu erfahren, wie sie sich entschieden hat. Ein behagliches
Gefühl hat er bei dem Gedanken nicht. Seinen Überlegungen
nachhängend döst er auf der Küchenbank vor sich hin.
Schlagartig stößt jemand die Tür auf.
«Hallo Helmer, na aufgestanden?», grüßt Malte und stellt
einen Blecheimer mit dem bescheidenen Fang des Morgens
auf der Küchenarbeitsplatte ab.
«Moin Malte, ich bereite mir just einen Kaffee. Trinkst du
einen mit?»
«Ja klar! Ich denke, Cord trinkt bestimmt auch einen mit, war
verdammt kühl heute Morgen am Meer», antwortet Malte

und stutzt.

«Was ist das? Wessen Mobiltelefon ist das hier? Sag nicht, dass du hier herumtelefoniert hast!», regt er sich auf.

«Nein, nein! Ich habe das aufgeladen. Das ist nicht benutzt worden ehrlich!», belügt Helmer seinen Freund.

«Das hoffe ich für dich, denn wenn Cord davon erfährt, ist er arg erzürnt!», bezweifelt Malte Helmers Worte.

Er hat bemerkt das, Helmer sich am Ohr angefasst hat, das macht er oft, wenn er flunkert. Das ist genauso beim Backgammon, wenn der Freund einen unerlaubten Zug tätigt.

Cord, der soeben hereinkommt, bemerkt sofort die Spannung zwischen den Freunden.

«Was ist los?», fragt er in die Runde.

«Ach nichts von Bedeutung», sagt Malte und steckt unbeobachtet das Mobiltelefon in den Fischeimer.

Helmer kümmerte sich um den Kaffee und schaut Malte dankbar an, wie dieser mit dem Eimer die Küche verlässt, um den Fisch auszunehmen.

Draußen wirft Malte das Mobiltelefon im hohen Bogen in ein nahes Geröllfeld. In der Folge macht er sich an die Arbeit und bereitet den Fisch fürs Mittagessen vor.

Drei Wochen sind sie derzeit hier am Atlantik, langsam sind die Ersparnisse aufgebraucht. Die Lebenshaltungskosten in Frankreich sind gegenüber Deutschland beträchtlich höher. Hinzu kommt, dass Gustave für jeden Einkauf ordentlich die Hand aufhält.

Den Mietwagen haben sie, um Kosten einzusparen, vor zwei Wochen abgegeben. *Es ist erforderlich, dass wir weiterziehen*, bewertet Malte die Umstände und plant, beim Mittagessen mit den Freunden darüber zu sprechen.

Wie er zurück zum Haus eilt, bemerkt er in der Ferne einen Wagen der Gendarmerie nationale, der die Gegend absucht. Malte ist alarmiert und gibt den Freunden, die in der Küche Kaffee trinken Bescheid.

«Die wissen nicht, das wir hier sind!», sagt Cord entspannt und nippt an dem heißen Kaffee.

«Ich denke, es ist an der Zeit das Helmer dir was erzählt!», sagt Malte und schaut dabei seinen Freund achselzuckend an.

«Was ist Helmer? Was hast du zu erzählen?», Cord schaut ungeduldig auf Helmer.

«Ja wie soll ich es sagen? Ich habe entgegen unserer Abmachung ein Mobiltelefon mitgenommen. Das Telefon war für ein einziges Gespräch in Betrieb, wie ich mit meiner Schwester telefoniert habe. Da hat uns niemand geortet! Das waren allerhöchstens zwei drei Minuten, nicht länger.»

Cord ist aufgesprungen und tigert in der geräumigen Küche auf und ab.

«Und du hast davon gewusst?», raunzt er Malte an.

«Nein! Ich habe das erst vorhin bemerkt, weil das Telefon am Ladegerät hing. Ich habe das Telefon abgeschaltet und im Geröllfeld entsorgt», erklärt sich Malte.

«Wieso am Ladegerät, weshalb ist der Akku leer, wenn du nicht telefoniert hast?», hakt Cord nach und steht in einer drohenden Haltung vor Helmer.

«Ich habe keine Ahnung! Am Ende habe ich vergessen, es abzuschalten! Das war blöd von mir und ich entschuldige mich dafür. Das ist ein Versehen! Das müsst Ihr mir abnehmen!» Cord schaut seinen Freund wie irre an.

«Du hast uns damit verraten! Ist dir das klar! Dass das keine

Absicht war, glaube ich dir, nicht desto trotz sind wir am Arsch!»

«Beruhigt euch wieder. Wir verschwinden am besten heute noch von hier!», versucht Malte Ruhe in das Gespräch zu bringen.

Zusammen beschließen sie, dass sie in der Nacht verduften. Wohin? Sie planen, sich nach Deutschland durchzuschlagen, an einem Ort in Luxemburg beabsichtigen sie den Grenzübertritt über die grüne Grenze.

*

Andrea Wilbau ist auf dem Weg zur Polizei, um sich mit Kriminaloberkommissarin Steffens zu treffen. Sie besuchen zusammen Fiete, der in einer städtischen Einrichtung untergebracht ist, um sich von den Strapazen des Mordversuches zu erholen.

Vivian Steffens wartet im Foyer des Polizeipräsidiums. Sie empfängt Andrea Wilbau, die verschüchtert dreinschaut, mit einem ermunternden lächeln.

«Guten Morgen Frau Wilbau, wenn Sie mir bitte folgen, es ist erforderlich, das wir vorweg einiges besprechen, was Sie sicher verstehen», begrüßt Vivian die Schwester von Helmer Wilbau.

Andrea Wilbau erwidert den Gruß und folgt der Kriminaloberkommissarin in die hinteren Diensträume. Amouage Gold for Women, urteilt sie instinktiv, wie sie den kräftigen floralen Duft wahrnimmt, der opulent in seiner Pracht extravagant ihre Nasenflügel umspielt.

Ein verdammt hochpreisiges Parfüm benutzt die Kommissarin,

stellt sie fest. Andrea war in ihrem früheren Leben in einer gutsortierten Parfümerie beschäftigt und erkennt teure Düfte sofort.

«Schöner Duft!» Bemerkt sie beiläufig, wie sie das Großraumbüro betreten.

«Oh danke, das gönn ich mir ab und an», antwortet Vivian Steffens mit einem breiten Lächeln.

Sie stellt Andrea Wilbau ihrem Kollegen Kriminalkommissar Merkens vor, der sich derzeit um die Betreuung des halbwüchsigen Fiete bemüht.

Andrea Wilbau gibt dem Kommissar die Hand und setzt sich auf den angebotenen Platz in einer schlichten Sitzecke.

Nachdem Vivian sie mit Kaffee versorgt hat, unterhalten sie sich zunächst über Helmer Wilbau und seine Backgammonspieler.

Andrea Wilbau berichtet den Kommissaren, von dem worüber sie Kenntnis hat, ohne irgendwelche Mutmaßungen anzustellen. Sie hat nicht vor ihren Bruder unnötig zu belasten, denn wenn er das, was man ihm vorwirft, in Wirklichkeit angestellt hat, hat er Probleme genug.

Wie alles protokolliert ist, bewegt sich die Uhr auf Mittag zu. Kriminalkommissar Merkens schlägt vor, dass man gemeinsam zu Mittag isst und nach dem Essen zu Fiete in die Betreuungseinrichtung läuft.

«Die scheint in Ordnung zu sein», merkt Jörg Merkens an. Vivian Steffens stimmt dem zu: «Ja das empfinde ich genauso und ich denke, sie meint, dass ehrlich mit Fiete.»

Da Andrea Wilbau vor die Tür getreten war, um eine Zigarette zu rauchen, haben die Kommissare Zeit sich über die

Schwester von Helmer Wilbau auszutauschen.

«Ich denk das, sie tough genug ist, um den Umgang mit einem mongoloiden Jugendlichen zu bewältigen!», resümiert Kriminalkommissar Merkens.

*

Die Gefährten packen gemeinsam die Rucksäcke. In ihrer wetterfesten Trekkingbekleidung begeben sie sich nach einer chaotischen Nacht und einem frühen Frühstück auf den Weg. In der Nacht haben sie einen groben Plan skizziert, wie sie über die grüne Grenze nach Deutschland kommen. Ihr Problem ist derzeit das Weiterkommen. Sie haben weder Fahrzeug oder genügend Geld zur Verfügung. Demzufolge wird der nächstbeste Geldautomat angelaufen, um sich mit Bargeld zu versorgen.
In Carolles finden sie einen Bankautomaten und jeder hebt einen Betrag von zweihundert Euro ab. Das reicht fürs Erste. Ein Weltenbummler nimmt sie mit bis nach Évreux, dort an der Nationalstraße 154 setzt er das Trio auf einem Parkplatz ab. Nach zwei Stunden erfolglosem trampen, haben sie wieder Glück. Ein spanischer Camper chauffiert sie bis in die französische Hauptstadt Paris. Am Metro gare de L´Est, setzt er sie am späten Abend ab.
Hungrig und durstig begeben sie sich auf den Weg zu einem Restaurant. Unweit des Ost-Bahnhofs finden sie eine kleine Brasserie. Bei Bier vom Fass und Hähnchen mit Pommes lassen sie es sich schmecken. Später bummeln sie bis zum Seine-Ufer und suchen sich dort einen Platz, wo sie mit ihren Schlafsäcken nächtigen. Bierselig schlafen sie rasch ein.

Heino Kleinemeier ist der Verzweiflung nahe. Vier eiskalte Morde an obdachlose Bürger der Stadt und ein perfider Mordanschlag auf einen halbwüchsigen, der an Trisomie 21 leidet.

«Keine Spur von den Tätern, das ist zum Mäusemelken, ich verstehe das nicht!», schimpft er und zieht die Aufmerksamkeit von Kriminalkommissar Manuel Pieper auf sich.

«Ich habe da just was hereinbekommen!», ruft Manuel von seinem Arbeitsplatz herüber.

Heino eilt sofort zu ihm, «was hast du denn aufschlussreiches erhalten?»

Manuel zeigt ihm ein Fax, das von den Kölner Kollegen kommt.

«Und was steht drin?», drängelt Heino nach dem Inhalt.

Manuel Pieper berichtet, dass die Gesuchten, vor geraumer Zeit bei einer Kölner Bank Geld abgehoben haben. Daraufhin hat die Kölner Kripo die Kameraüberwachung der Bahnhöfe ausgewertet und festgestellt das, sich die Flüchtigen unter Umständen nach Frankreich abgesetzt haben.

«Sofort nachforschen, ob einer der drei Protagonisten Kontakte nach Frankreich unterhält. Ohne Ziel fahren die ja nicht in ein fremdes Land.»

Heino hat wieder die Motivation, die er braucht, um erfolgreich zu ermitteln.

Er kontaktet sofort den Staatsanwalt und bittet diesen um ein Amtshilfeersuchen an die französischen Kollegen. Gunnar Zipperlein ist erfreut über die neue Spur und sagt die Hilfe zu.

Heino setzt sich in seinen Dienstwagen und fährt hinüber zum

Jugendhaus im Neuwerk, das es seit über fünfzig Jahren in Stade gibt. Hier trifft er sich mit Vivian und Jörg, die mit Andrea Wilbau eine erste Kontaktaufnahme mit Fiete organisiert haben.

Wie er den Aufenthaltsraum der Herberge betritt, sitzt Fiete mittenmang und berichtet freudestrahlend seine Erlebnisse aus dem Maisfeld. Er hat den Mordanschlag anständig verarbeitet und ist auf dem besten Weg wieder ins normale Leben entlassen zu werden. Da ist es ein enormes Glück das, Andrea Wilbau, die es aufrichtig mit Fiete meint, ihn zu sich holt. Zum gegenwärtigen Zeitpunkt ist es erforderlich, dass die Chemie zwischen den beiden stimmt. Das sieht nach Heinos dafürhalten erfreulich aus. Vivian Steffens tritt mit der Hauspsychologin zu Heino Kleinemeier und grinst ihn an.

«Sieht positiv aus! Die Psychologin sagt, dass wir das versuchen sollten.»
«Ich werde Frau Wilbau die ersten Monate unterstützend begleiten und die behördlichen Hürden mit ihr zusammen bewältigen», ergänzt die Psychologin.
«Na dann, versuchen wir es!», sagt Kriminalhauptkommissar Kleinemeier und sie geben sich die Hand.

Fiete den man unbefangen vorbereitet hat, freut sich, in eine richtige Wohnung zu ziehen. Arbeiten würde er gerne in den Schwingewerkstätten, berichtet er Heino selbstüberzeugt. Vorerst verbleibt er sicher im Jugendhaus, bis die Mörder gefangen sind. Bis dahin besucht Andrea Wilbau ihn täglich, sie hat Fiete längst in ihr Herz geschlossen.
Beschwingt ob des prächtigen Verlaufes, eilen die Kommissare wieder in die Dienststelle. Unterwegs teilt Heino ihnen den

neuesten Stand der Ermittlungen mit.

Jörg Merkens wird hellhörig, er hat die Erinnerung, dass Maltes Eltern in Frankreich einen bescheidenen Bauernhof geerbt haben und den zurzeit an Feriengäste vermieten, da sich in der kargen Gegend die Landwirtschaft nicht lohnt.

«Ich prüfe das nach und gebe umgehend Bescheid!», sagt er zu seinen Mitstreitern und eilt ins Büro.

*

Am nächsten Morgen, die drei Freunde liegen fröstelnd in ihren Schlafsäcken und warten, dass die frühe Sonne ein Quantum ihrer Wärme abgibt. Ist Cord der Erste, der sich aus der Schlafhülle schält. Erschrocken schaut er sich um.

«Mein Rucksack ist weg!»

Blitzschnell springt er auf und sucht das Umfeld nach seinem Rucksack ab. Gleichermaßen vermisst Malte seinen Rucksack.

«Alles weg, meine Brieftasche, das Geld alles weg!», heult er herum.

Helmer der müde aus den Augen schaut, hat seinen Kram nach wie vor. Er hatte sich den Rucksack unter den Kopf gelegt und einen Arm durch den Schultergurt gesteckt.

Seine Freunde haben ihre Rucksäcke leichtfertig ungesichert an eine Mauer neben ihrem Schlafplatz gestellt.

«Fuck! Wie bewerkstelligen wir unter diesen Umständen die Weiterreise? Malte hat kein Geld mehr, mir fehlen Pass und Kreditkarte, von den gestohlenen Klamotten will ich nicht erst reden.»

«Ich habe ja alles dabei, damit kommen wir ein Stück weiter. Das Geld leihe ich euch, hole gleich am nächsten Automaten Neues. Beruhigt euch und wir überlegen, wohin uns die

weitere Reise führt», beschwichtigt Helmer die Kumpels.
Nach einem Kaffee in einem typischen Pariser Bistro sieht eine
Stunde später die Welt wieder besser aus. Gemeinsam
bemühen sie sich zum Geldautomaten. Helmer hebt
vierhundert Euro ab und gibt jedem seiner Freunde je
zweihundert Euro. Zufrieden treten sie den weiteren Weg
nach Deutschland an.

Die erste Etappe fahren sie mit der Bahn, um aus Paris
herauszukommen. Später trampen sie bis zu ihrer nächsten
Unterkunft in Virton in der belgischen Region Wallonien.
Eine blonde Französin mit einem Mercedes Vito hat sie in
Vouziers an der D 946 aufgegabelt und bis hierher
mitgenommen. Da sie sich ausgezeichnet verstehen, lädt die
Französin, die sich als Marie vorstellt, sie spontan zur
Übernachtung in ihr Haus ein.

Am Abend stehen sie gemeinsam in der Küche und bereiten
das kollektive Abendessen vor. Cord, der sich ein bisschen in
die Dame verguckt hat, lässt sie nicht aus den Augen. Marie,
spielt das Spiel mit, ist im gleichen Sinne den anderen recht
zugetan, was Cord nicht gefällt.
Zu später Stunde, sie haben reichlich Rotwein getrunken, zeigt
Marie jedem der drei Freunde seinen Schlafplatz. Jedermann
hat ein eigenes Zimmer im Hinterhaus.
Marie hat ihre Wohnung im Vorderhaus.
Sie vermietet ab und an ein paar Zimmer an Wandergruppen
und verdient sich damit ein spärliches Zubrot, so hat sie es
den Freunden am Abend berichtet.
Weinselig legen sie sich zu Bett. Am Morgen hat jeder der
Freunde das Gefühl, das Marie sie in der Nacht besucht und

sich mit ihnen der Wollust hingegeben hat. Oder hatten sie nichts anderes als feuchte Träume?

Beim Frühstück, das ihnen ein athletischer Kerl serviert, schaut Marie kurz herein, um ihre Gäste zu begrüßen. Dabei stellt sie den muskulösen Kerl als ihren Ehemann vor, der soeben von der Nachtschicht in einem nahe gelegenen Hotelbetrieb zurückgekommen ist.

Mit einem vielsagenden Lächeln verabschiedet sie sich und widmet sich ihrer täglichen Arbeit. Die drei Freunde sind derart perplex, dass sie nach dem Frühstück das Haus ähnlich einer Flucht, in Richtung Luxemburg verlassen. Haben sie das alles geträumt oder war Marie in der Nacht bei ihnen, sie wissen es nicht. Der viele Wein gestern Abend da sind sie verunsichert und jeder behält seine Geschichte für sich.

Zunächst wandern sie auf Metzig und später nach einer ausgiebigen Pause, entlang der Rue de Luxemburg bis zu Grenze. Abseits des Grenzüberganges überqueren sie diese und schlagen sich, in der Nacht bis Fingig durch. Dort nächtigten sie in einer alten Weidehütte.

*

Das Telefon drängelt geraume Zeit, Kriminalhauptkommissar Kleinemeier hebt den Hörer vom Gerät ab.

«Kleinemeier!», meldete er sich knapp.

Er hört zu und notiert sich was. Wie er das Gespräch beendet hat, ruft er Kriminaloberkommissarin Vivian Steffens zu sich und berichtet von seinem Telefonat.

«Das waren die Franzosen, die haben den Hof durchsucht und sagen mit Bestimmtheit, das die drei Täter dort vor Ort waren. Ein Mal haben sie Geld abgehoben.»

Heino schaut auf seine Notizen.

«Das war in Carolles an der Atlantikküste», fährt er fort.

«Die Franzosen arbeiten das anständig ab, derart flott habe ich da nicht mit einem Ergebnis gerechnet», antwortet Vivian. Heino Kleinemeier gibt ihr Recht, ebenso hat er nicht erwartet das, es rasche Ergebnisse gibt.

Jörg hat in der Zwischenzeit eine Straßenkarte an die Wand gebeamt, da schauen sie gemeinsam, wo sich die Täter zuletzt aufhielten. Zuerst markiert Jörg den Hof, zusätzlich Carolles den Ort, wo sie die Bank besucht haben.

«Wo sind die hin?», sinniert Heino.

«Ich würde, um mich zu verstecken, gen Paris fahren!», sagt Manuel, der dazugestoßen ist.

Vivian nickt bestätigend.

«Ja, das ist eine Möglichkeit», murmelt Heino.

Er scheint eine andere Idee zu haben.

«Spuck es aus Heino, was ist dein Bauchgefühl? Ich sehe, dass du eine andere Intuition hast», fordert Vivian den Leiter der Sonderkommission auf, seine Überlegung preiszugeben.

«Ich denke, die fahren zurück nach Deutschland.»

Sofort zeigt Jörg Merkens mögliche Wege auf. Hierfür ist es zu früh, ein oder zwei weitere Bewegungsmeldungen der Franzosen sind da weiterhin notwendig.

Die Besprechungsrunde ist zu Ende, wie das Telefon erneut lärmt. Vivian die am nächsten am Apparat steht, hebt ab und meldete sich. Dann ist sie hektisch und verlangt nach ihrem Tablet. Sie tätigt kurze Notizen auf ihrem Tablet und sagt: «Gut Herr Hertig, halten Sie die Stellung, bis wir bei Ihnen sind.»

«Was ist passiert?» Heino schaut Vivian fragend an.

«Wir haben einen erneuten Leichenfund! Auf der Geest bei Fredenbeck», schildert Vivian, das gehörte.
Zu dritt fahren sie los. Jörg bleibt zur Stallwache zurück und bereitet die weitere Fahndung auf.

Kapitel 12

Eine Stunde zuvor. Ein Mitarbeiter der Umweltbehörde des Landkreis-Stade ist aufgrund einer Anzeige eines aufmerksamen Bürgers unterwegs nach Fredenbeck-Wedel. Er entnimmt am Wedeler Mühlenbach Wasserproben, um den Nitrateintrag auszuloten. Es steht der Verdacht im Raum, dass ein Landwirt in einem Umfang Gülle auf seinem angrenzenden Acker ausgebracht hat, der weit über das zulässige Maß hinaus geht.

Erste Proben bestätigen den Verdacht des umweltbewussten Bürgers. Der Kontrolleur folgt der Güllespur, um den Eintragsort zu ermitteln. Langsam watet er durch den Bach, der aufgrund des trocknen Sommers, geringfügig Wasser führt, bis er den Eintragsort durch sich wiederholende Probenentnahme ermittelt hat.

«Da habe ich den Übeltäter!», spricht er zu sich und bereitet eine vergleichende Bodenprobe des ermittelten Ackerschlages vor.

Mit einem Kammerbohrer, den er per Hand einen Meter tief in den Boden dreht, holt er die erste Probe aus dem Erdreich. Ein Stück weiter im Feld beabsichtigt er den zweiten Nachweis zu sichern. Wie er sich über das Arbeitsgerät beugt, sieht er eine schwarze Hand auf dem Acker. Zuerst vermutet er, das sei ein alter Gummihandschuh, wie er ihn beiseiteschiebt, stellt er voller Ekel fest, dass da mehr als ein Handschuh im Acker liegt. Sofort benachrichtigt er die Polizeidienststelle in Fredenbeck und wartet.

Das mit dem pünktlichen Feierabend kann ich mir heute

abschminken, denkt er wenig erfreut.

*

Die Kommissare treffen zeitgleich mit der Spurensicherung am Fundort der Leiche ein. Die Maisernte ist lange vorbei, beim Fundort handelt es sich um einen ehemaligen Maisacker, der mit dem Grubber bearbeitet wurde. Das Feld stinkt bestialisch nach Schweinegülle.
Vivian schnappt sich gleich den Finder des Leichnams und umgeht das Betreten des Feldes. Nachdem sie die Personalien aufgenommen hat, entlässt sie den Herrn nach Hause und wartet am Dienstwagen auf Heino.

Kriminalhauptkommissar Heino Kleinemeier steht neben Dr. Grit Birkenfels und schaut der Rechtsmedizinerin bei ihrer Arbeit zu. Heino trägt einen Mundschutz und hält sich zusätzlich die Nase zu. Mit einer stoischen Ruhe legt Grit mit einem ihrer Mitarbeiter den im Erdreich verborgenen Körper des Toten frei. Der Gestank der Schweinegülle scheint für die beiden nicht existent zu sein. Heino bewundert die Zwei, mit welcher Sorgfalt sie ihren Turn abarbeiten. Alle Achtung!

«Vermagst du über Ergebnisse zu sprechen?», fragt er behutsam an.
Grit Birkenfels schaut auf und lächelt, als sie den vermummten Kriminalhauptkommissar sieht.
«Ja, männlich, mittleres Alter, Weiß! Mehr ist aufgrund der Auffindesituation nicht zu sagen. Wir säubern den Herrn hier zuerst, bevor wir in die Detailanalyse einsteigen», erklärt die Rechtsmedizinerin.

«Vor morgen Mittag ist da mit keinem Ergebnis zu rechnen!»
Heino nickt verständnisvoll und wendet sich ab, um
zurückzulaufen.

«Stopp! Nicht so eilig! Ich habe hier eine Kleinigkeit, da habt
ihr was zu recherchieren.»

Grit überreicht Heino einen Asservaten-Beutel, in dem sich ein
Autoschlüssel befindet.

«Ein Fahrzeugschlüssel? Das passt ja nicht zu unseren
Backgammon-Tätern», sagt Heino Kleinemeier und sieht Dr.
Birkenfels verwundert an.

Diese zuckt kurz mit den Achseln und widmet sich wieder
ihrer Arbeit.

Nachdenklich übergibt er die Asservate an Kriminalkommissar
Manuel Pieper, der ihm entgegenkommt.

«Manuel, überprüf bitte, wem dieser Schlüssel gehört!», bittet
er den Kollegen.

Manuel schaut den Schlüssel an und stellt lapidar fest:
«Mercedes Benz!»

Heino findet das grad nicht spaßig und winkt unwirsch ab.

Das der Schlüssel von einem Mercedes Benz ist, hat er
gleichermaßen bemerkt.

«Ok, ich schau, was sich da herausbekomme», beschwichtigt
Manuel Pieper seinen Chef.

Er hat bemerkt, dass der nicht für Späße aufgelegt war. Eilig
läuft er zu seinem Wagen und fährt zur Dienststelle.

«Bis zu fünf Jahre Gefängnis drohen dem Bauern, wenn man
ihm Vorsatz beim übermäßigen Gülleeintrag beweist! Hat der
Herr vom Umweltamt erzählt», berichtet Vivian von ihrer
Befragung.

«Bei dem Gestank ist das auf jeden Fall angebracht!»,
schimpft Heino.
Vivian und Heino verlassen den Fundort und fahren zunächst
in ihre Wohnungen, um sich zu duschen und umzukleiden.
Denn der Gestank ist nicht auszuhalten. Wie sie später in die
Dienststelle kommen, bemerken sie das, Manuel sich
umgezogen hat. Er trägt einen Polizeitrainingsanzug. Auf die
fragenden Blicke seiner Mitstreiter antwortet er.
«Die haben mich hier nicht reingelassen, da habe ich
improvisiert.»

*

In der Nacht hört Helmer Geräusche, zuerst ordnet er diese
nicht zu, dann ist ihm klar, dass draußen vor der Weidehütte
wer herumschleicht. Geschwind weckt er seine Freunde und
deutet ihnen, dass sie still bleiben. Sie hören es ebenso, da ist
jemand. Wie sie aufstehen, um nachzuschauen, wird das Tor
aufgestoßen und ein paar Kerle stürmen auf sie ein.
Blitzschnell schlägt man sie nieder und fesselt sie an Händen
und Füßen. In aller Seelenruhe durchsucht das
«Überfallkommando» ihre Taschen und das Gepäck. Nach ein
paar Minuten ist der Spuk vorbei. Nach einer Wartezeit von
einer viertel Stunde schaffen sie es, sich mit gegenseitiger
Hilfe von den Fesseln zu befreien.

«Scheiße, scheiße, scheiße! Wir stehen hier wie die Trolle!»,
schimpft Cord Juskowiak.
Enorm hilflos sitzen sie beisammen und lecken ihre Wunden.
Keiner ist verletzt, ein paar Prellungen und blaue Flecken. Den
bedeutendsten Schaden hat ihr Ego abbekommen.

Im Stimmungstief begeben sie sich zu Fuß auf den Weg.
Helmer hat seine Bankkarte dabei, die haben die Räuber nicht
gefunden, da er sie in einer versteckten Tasche am Hosenbund
trägt. In Mamer bei der Raiffeisenbank versucht Helmer sein
Glück, um Geld abzuheben.
Zu seiner Überraschung behält der Geldautomat seine
Kreditkarte ein. Sofort eilt er zum Schalter, um sich zu
beschweren, denn er ist sich sicher, dass sein Konto über
genügend Guthaben verfügt.
Der Banker, der ihn verbindlich empfängt, schaut in seinen
Computer und wird blass. Das ist für Cord, der die Szene
beobachtet, das Zeichen zum Aufbruch.
Er zieht Helmer vom Schalter weg und macht ihm klar, dass
die Polizei seine Konten gesperrt hat und sie hier geschwind
verschwinden sollten. Helmer begreift und die drei Freunde
verlassen flugs die Raiffeisenbank.
Aus stattlicher Entfernung beobachten sie, wie die
Luxemburger Polizei vorfährt und nachdem sie in der Bank
war, hektisch das, Umfeld taxiert.
«Los, lasst uns abhauen, bevor die hier eine enorme
Suchaktion anfangen!», drängt Helmer zum Aufbruch.
Auf dem Wochenmarkt stibitzen sie sich Obst und ein
Fladenbrot, bevor sie endgültig Mamer hinter sie lassen. Sie
haben vor, heute bis in die Stadt Luxemburg zu wandern, um
sich dort ein paar Tage zu verkriechen. Auf irgendeine Art
müssen sie an Geld kommen, da sind sie einig.

Stunden später, an einer freien Tankstelle ergibt sich eine
Möglichkeit an den Mammon heranzukommen.
Eine besorgte Mutter eilt nach dem Tanken mit ihrem

Kleinkind zur Toilette. Blitzschnell hat Cord die Sachlage erfasst und entwendet die Handtasche der Mutter, die sie auf den Beifahrersitz abgelegt hat, aus dem Wagen.

Im weiteren Verlauf wandern die drei, wie wenn nichts vorgefallen ist, in eine Seitenstraße und fleddern die Beute. «Fünfzig Euro und fünfundsiebzig Cent! Na das hat sich ja gelohnt», nölt Malte rum.

«Besser wie nichts, kannst ja als Nächster dein Glück versuchen», antwortet Cord beleidigt.

Schweigsam wandern sie weiter auf die Stadt zu.

Am Abend bleiben sie am Stadtrand in einer leeren Jagdhütte und essen Baguette Brot mit Käse, dabei trinken sie Rotwein. Die Lebensmittel haben sie am Nachmittag in einem Supermarkt besorgt. Die Stimmung untereinander ist angespannt. Malte grübelt den ganzen Tag darüber nach, seine Freunde zu verlassen, um sich abzusetzen. Er ist der Meinung, dass er ja keinen Mord begangen hat. Nichts anderes wie schmiere hat er gestanden. Er hofft, dass es sich strafmildernd auswirkt, wenn er sich stellt.

Cord spielt sich den ganzen Tag auf wie der Boss, das gefällt Helmer nicht, der sonst die Ansagen macht. Er erwägt, sich von der Gruppe zu trennen. Ihn zieht es nach Italien, dort lebt ein Jugendfreund in einer Kommune, den er besuchen will. Spät in der Nacht ziehen sie sich ihre Decken über den Kopf und versuchen zu schlafen.

*

«Moin, moin!», ruft Kriminalhauptkommissar Heino Kleinemeier launig ins Großraumbüro.

Erstaunt schauen seine Mitstreiter auf, wohlgelaunt war der Chef lange nicht.

«In zwanzig Minuten ist Besprechung! Vivian, sagst du bitte Dr. Birkenfels Bescheid», weist Heino an und setzt sich an seinen Schreibtisch.

Manuel telefoniert mit der Mercedes-Benz- Niederlassung in Buxtehude, um mehr Informationen zu dem gefundenen Fahrzeugschlüssel zu erhalten. Eifrig fertigt er sich Notizen an und nickt das ein oder andere verstehend ab. Darauf ruft er die Zulassungsstelle in Stade an, um zu erfahren, wer der letzte Halter des Fahrzeugs ist. Auch Kriminaloberkommissarin Steffens ist nicht untätig, sie beordert den Landwirt des Gülleackers für den Vormittag auf die Dienststelle.

Zur Besprechung sind sie vollzählig anwesend. Sogar der Staatsanwalt hat sich die Zeit genommen. Kriminalhauptkommissar Kleinemeier schildert die Auffindesituation und übergibt gleich an die Rechtsmedizinerin. Dr. Grit Birkenfels, die die Nacht durchgearbeitet hat, berichtet zuerst von der umfangreichen Reinigung des Opfers.

«Der Tote hat bis auf eine auffällige Stichwunde im Rücken, keinerlei Merkmale von Gewaltanwendung. Weder Fesselungsspuren, noch Hämatome», berichtet sie.

«Seit ca. fünf Wochen liegt der Tote im Acker. Genaueres frühstens übermorgen.»

«Fremd DNA oder dergleichen ist aufgrund der Auffindesituation nicht feststellbar. Da ist der Bauer viermal mit Gülle drüber gejaucht, das stellt euch mal vor!», schimpft Grit.

«Die Prints sind in der Suchmaschine, da erwarte ich bald das Ergebnis.»

Schließt sie den Vortrag ab.

«Ich habe da was!», meldet sich Kriminalkommissar Pieper. «Anhand des Fahrzeugschlüssels, den Dr. Birkenfels bei dem Opfer gefunden hat, habe ich den letzten Halter des Fahrzeugs ermittelt. Er heißt Friedhelm Schroeder und wohnt in Nottensdorf, Anschrift liegt vor.»

«Prima Arbeit Manuel», lobt Heino seinen Kommissar.

«Fahr da bitte nach der Besprechung mit Jörg hin und schaut euch dort um. Behutsam, wir wissen nicht, ob der Tote der Halter ist.»

«Wie ich das einschätze, hat das Opfer nichts mit unseren Obdachlosen gemeinsam! Tötungsart und Opfer weichen da prägnant ab», merkt Staatsanwalt Zipperlein an.

Heino gibt ihm recht, er sieht keine Parallelen zum Backgammonfall. Er beendet die Besprechung und die Kollegen arbeiten weiter an der Recherche.

Kriminaloberkommissarin Steffens schaut sich den Bericht des Herrn vom Umweltamt an, den dieser soeben gefaxt hat, wie ihr die Wache mitteilt, dass der Landwirt aufgeschlagen ist.

Vivian eilt zur Wache und holt den Bauer ab.

Nachdem sie sich vorgestellt hat, folgt ihr der Umweltsünder verschreckt in den Vernehmungsraum.

Zeitgleich ermitteln die Kriminalkommissare Merkens und Pieper in der Wohnung von Friedhelm Schroeder in Buxtehude. Die Bleibe ist eher spartanisch mit nachhaltigen Wohnmöbeln eingerichtet.

Bei der Durchsicht ordnen die Kommissare, die Wohnung eindeutig dem Opfer zu. Auffällig ist ein moderner Computer von dem Hersteller mit dem berühmten angekauten Apfel. Jörg kommt aus dem Schwärmen nicht mehr heraus, wie er die Anlage erblickt.

Manuel Pieper findet Unterlagen, aus denen hervorgeht das, Schroeder Aktivist bei Gülle-Scout war. Einer radikalen Umweltgruppe, die sich die Aufklärung der illegalen Gülleeinträge auf ihre Fahnen geschrieben hat. Die Aufzeichnungen zeigen, das Friedhelm Schroeder in den letzten Wochen auf der Fredenbecker Geest unterwegs war, um die Landwirtschaft bei ihrer Arbeit zu beobachten. Kriminalkommissar Jörg Merkens, dem bekannt ist, das Vivian den Landwirt im Vernehmungsraum hat, benachrichtigt sie über den Sachverhalt per SMS.

*

Malte Caskorb verlässt früh am Morgen gegen vier Uhr die Jagdhütte. Es ist bitterkalt. Malte zieht den Reißverschluss seines Anoraks bis oben zu und drückt sich die Schlägermütze tief ins Gesicht, um sich vor dem beißenden Ostwind zu schützen. Er hat lange wach gelegen und abgewogen, was er machen soll. Die Stimmung untereinander ist miserabel und er sieht kaum eine Möglichkeit, dass sich das bessert. Darum hat er seine Gefährten verlassen und erwägt, sich der Polizei zu stellen. Nicht hier in Luxemburg, nein zuvor stellt er eine beachtliche Distanz zwischen sich und den Freunden her, um deren Fluchrichtung nicht zu verraten. Eilig schreitet er voran, gegen sechs Uhr nimmt ihn der Lieferwagen eines Milchhändlers mit.

Helmer merkt sofort das, was nicht stimmt, wie er erwacht. Abrupt setzt er sich auf und sondiert sein Umfeld. Vor ihm auf dem alten Sofa liegt Cord in Decken gehüllt und schnarcht vor sich hin. Der Schlafplatz von Malte ist, verweist! Er hat auf der Bank am Kaminofen gelegen. Helmer schlüpft aus seinem Schlafsack und weckt Cord auf.

«Was ist los, magst du nicht mehr schlafen?», fragt Cord schlaftrunken.

Er hat ein irres Abenteuer geträumt und ist bemüht sich zu sammeln.

«Malte hat sich verdrückt, ohne Bescheid zu geben! Hat sich feig vom Acker gemacht!», berichtet Helmer aufgeregt seinem Freund.

«Hab mir so was gedacht, der war gestern extrem komisch drauf. Hat alles schwarzgemalt und war auffällig in sich gekehrt.» Helmer schaut erstaunt.

Er hat davon nichts mitbekommen, weil er für sich mit seinen Gedanken beschäftigt war, die ähnlicher Natur waren.

«Und, was stellen wir an?» Helmer ist drauf und dran Cord den Vorschlag zu unterbreiten, sich zu trennen.

«Wir schauen das wir nach Deutschland rübermachen, im weiteren Verlauf denke ich, versucht jeder sich auf eigne Faust durchzuschlagen», schlägt Cord Juskowiak vor.

Wie wenn es das selbstverständlichste auf der Welt ist, dass Freunde sich trennen. Helmer ist enttäuscht über das Verhalten seiner Freunde. Klar er hat gleichermaßen diese Gedanken, trotz alledem er wäre nie ohne Absprache abgehauen. Bei Cord ist er sich da nicht mehr sicher. Der hätte sich, wenn Malte ihm nicht zuvorgekommen wäre, vom Acker gemacht. Nach einer kargen Mahlzeit aus Buttermilch und Schokoladenkeksen brechen sie wortlos auf und versuchen, die Grenze zu erreichen.

*

Der Güllebauer sagt, nachdem Kriminaloberkommissarin Vivian Steffens das Aufnahmegerät eingeschaltet hat, seine persönlichen Daten auf und schaut verschüchtert auf die Tischplatte. Vivian hört den Landwirt an. Denn auch wenn sie von Jörg Informationen erhalten hat, die ein Motiv darstellen. Ist das zu dürftig, um den Güllebauer als Verdächtigen zu vernehmen.

«Sie kennen Friedhelm Schroeder?», eröffnet Vivian die Anhörung.
«Der Name sagt mir grad nichts, ist das der Name des Toten?»
«Ja das war sein Name! Ich denke das, Sie den Mann gesehen haben, er hat Ihren Hof und die überproportionale Ausbringung der Gülle ausbaldowert», stellt Vivian ihren Verdacht in den Raum.
Der Güllebauer schluckt hektisch und sieht Vivian verstohlen an.
«Es mag sein, das ich da jemandes gesehen habe. Ob der das war, ich erinnere mich nicht.»
«Hören Sie mir mal gut zu! Herr Schroeder war Aktivist bei Gülle-Scout, einer radikalen Umweltgruppe. Er hat Ihren Betrieb rund um die Uhr überwacht und alles haarklein dokumentiert. Da erzählen Sie mir, Sie hätten keine Ahnung! Sie wussten definitiv!, was da auf Sie zukommt, wenn Ihr Güllemissbrauch herauskommt. Da haben Sie ihn mundtot gemacht!»

Vivian hat sich während der Anschuldigung erhoben und ist hinter den Güllebauer getreten. Der zieht reflexartig den Kopf ein und fängt urplötzlich das Heulen an.

«Ich wollte den nicht umbringen, der hat mich wie ein Racheengel angegriffen. Da habe ich mich gewehrt und zugestochen.» Bricht es dem Landwirt heraus.

«Und damit das nicht auffällt, haben sie ihn gleich in ihrem Acker entsorgt?»

«Ja was blieb mir den anderes übrig, ich wollte nicht als Mörder dastehen», heult der Bauer wieder los.

Vivian hat genug gehört.

«Ich nehme Sie vorläufig in Gewahrsam, unter dem Verdacht Herrn Friedhelm Schroeder getötet zu haben!», sagt sie und weist einen Beamten an, den in jeder Hinsicht gebrochenen Güllebauer abzuführen.

Erleichtert atmet sie auf und informiert Staatsanwalt Gunnar Zipperlein. Dieser ist ob der raschen Aufklärung recht angetan und drängt mit Hinweis auf den Backgammonfall, gleichfalls auf den Abschluss.

«Ein Spinner!» Hört Heino Kleinemeier, wie er den Vernehmungsraum betritt.

«Lass mich raten. Zipperlein?», fragt er bei Vivian nach.

«Klar, wer sonst! Ich serviere ihm den Täter auf dem Silbertablett und der Rechtsverdreher hat nichts anderes zu tun, wie auf dem Backgammonfall herumzureiten. Wie wenn wir nicht wüssten, was da zu ermitteln ist!», schildert die aufgebrachte Oberkommissarin.

«Der Bauer hat den Mord zugegeben?» Erstaunt setzt sich Heino auf einen beigestellten Stuhl.

«Ja soeben! Er ist in der Anhörung komplett zusammengebrochen», berichtet Vivian Steffens ihrem Chef. «Gute Arbeit, mach du den Bericht fertig und ich konzentriere mich mit den Kollegen wieder auf unser Trio in Frankreich.» Sagt es und steht auf, an der Tür dreht er sich um, «gute Arbeit!», lobt er nochmals Vivians erfolgreichen Abschluss.

*

Fiete sitzt aufrecht auf seinem Bett, das mit einer Tagesdecke abgedeckt ist und strahlt. Kriminalkommissar Jörg Merkens kommt zum Besuch herein. Er hat ein stattliches Paket dabei, das in Geschenkpapier eingeschlagen ist. Eine blaue Schleife ziert das Geschenk.
«Hallo Fiete, herzlichen Glückwunsch zu deinem achtzehnten Geburtstag! Ich habe hier was für dich, kannste, wenn du magst gleich auspacken.»
Jörg hat in der Akte gelesen, dass Fiete heute achtzehn Jahre alt ist und alle Hebel in Bewegung gesetzt, um eine Geburtstagsfeier für den Jungen zu organisieren. Fiete der davon nichts mitbekommen hat, freut sich über das Geburtstagsgeschenk.
«Haste ordentlich Geld ausgegeben für Fiete?», sagt er in seiner gewöhnungsbedürftigen brabbeligen Sprache.
Jörg hat mit der Verständigung kein Problem, versteht mittlerweile jedes Wort. Durch tägliche Besuche wird das stetig besser.
«Du kannst das genauso nachher auspacken, die anderen kommen heute ebenfalls zu Besuch.»
Fiete ist aus dem Häuschen, das ist der erste Geburtstag, an dem jemand an ihn denkt.

Vor Freude kullern die ersten Tränen herunter. Jörg greift Fietes Hand und gemeinsam schreiten sie den langen Flur entlang bis zum vorbereiteten Gruppenraum.

Fiete öffnet langsam die Tür und schielt kurz hinein. Sofort schließt er die Tür und hält sich erschrocken die Hand vor den Mund.

«Da ist voll, alles Leute», schildert er Jörg.

«Das ist dein Besuch! Geh hinein, die warten auf uns.»

Verhalten öffnet Fiete wieder die Tür, er macht einen mutigen Schritt in den Raum und vollführt voller Freude einen Diener. Dann rennt er los, um alle mit einer Umarmung zu begrüßen. Jörg hält ihn behutsam zurück und bittet ihn, damit zu warten.

Auf ein Handzeichen von Staatsanwalt Gunnar Zipperlein stimmen die Geburtstagsgäste gemeinsam ein Happy Birthday an. Aus voller Kehle singt Fiete erwartungsgemäß mit und dirigiert sogleich den Chor.

«Nun kannste los und deine Gäste begrüßen!», sagt Jörg nach dem Ständchen.

Fiete rennt von einem zum anderen und herzt seine Gäste enthusiastisch. Im Folgenden bläst er die Kerzen von seiner Geburtstagstorte aus, die Andrea Wilbau für ihn gebacken hat. Es gelingt ihm beim ersten Versuch. Stolz setzt er sich an den für ihn geschmückten Ehrenplatz und sagt: «Dankeschön für den Geburtstag.»

Alle sind sie gekommen. Außer dem Staatsanwalt sind logischerweise Heino und Vivian anwesend. Manuel Pieper und Dr. Birkenfels haben es sich nicht nehmen lassen, Fiete zu Ehren zu erscheinen. Ein Vertreter des Jugendamtes sowie die hauseigenen Betreuer vervollständigen den Gästekreis.

Fiete ist aus dem Häuschen und lässt sich voller Freude die Torte schmecken. Später packt er die Präsente aus. Da sind Bekleidung, ein Kofferradio sowie ein Mountainbike dabei. Das, was ihn am meisten freut, ist das Geschenk von den Kriminalkommissaren Jörg Merkens und Manuel Pieper.
«Ein Backgammonspiel! Da müsst ihr mit mir spielen!», mahnt Fiete die Zwei dankbar mit einem verschmitzten Lächeln.
«Klar! Wir haben ordentlich geübt!», antwortet Manuel lachend.
In Wahrheit haben Jörg und er, die beide keine Ahnung von dem Spiel hatten, Unterricht von einem versierten Gamer erhalten, um mit Fiete zu spielen.
«Das ist gut! Ich schlag euch sicher!», flachst Fiete.

Andrea Wilbau hat einen Discjockey organisiert, da dürfen am frühen Abend, die anderen Jugendlichen, die in Fietes Betreuungsgruppe sind, ordentlich abhotten, wie Fiete es nennt. Die Erwachsenen ziehen sich bis auf Andrea Wilbau und die Betreuer langsam zurück. Für sie war das ein gelungener Tag, mit geringen Mitteln haben sie dem Jungen einen duften Tag bereitet. Kriminalhauptkommissar Heino Kleinemeier klopft Jörg auf die Schulter.
«Ausgezeichnete Sache, was du da organisiert hast! Klasse!»
Jörg winkt ab und sagt: «Das ist für mich eine Selbstverständlichkeit und die Andrea hat da einiges zu beigetragen.»
Wie Heino zu Vivian in den Dienstwagen steigt, schaut er sie fragend an.
«Ich bin nicht informiert!», sagt sie.
«Ich würde es ihm gönnen!», sagt Heino.

Kapitel 13

Malte verlässt am Vormittag bei Diekirch den Milchwagen, um im Ort etwas zu essen. Im Kulturhaus holt er sich die Information, wo er günstig Verköstigung herbekommt.
Später sieht er sich im nationalen Museum der Zeitgeschichte, die Exponate der Geschichte des Ortes an.
Diekirch war im Dezember 1944 und Januar 1945 Teil der Südflanke der Ardennenoffensive, bei zahlreichen Gefechten wurde das Zentrum zerstört. Eine beachtliche Anzahl von militärhistorischen Fahrzeugen wird hier ausgestellt.
Malte Caskorb gefällt es, sich wieder mit anderem zu beschäftigen wie mit der Flucht. Gegen vierzehn Uhr verlässt er den Ort in Richtung zur A10.
Am Abend schlüpft er in einem Unterstand an einem Gartencenter zwischen Tandel und Fouhren unter. Ein Tippelbruder, den er unterwegs getroffen hat, gibt ihm den Tipp und kommt gleich mit. Zu einem späteren Zeitpunkt, wie er merkt das Malte keinen Alkohol dabei hat, verzieht er sich wieder. Malte ist dankbar, dass er ein trockenes Plätzchen ergattert hat, denn es hat zu regnen angefangen. Dick eingemummelt in seinem Schlafsack übersteht er eine verhältnismäßig erträgliche Nacht.

Am frühen Morgen erfrischt er sich an einer der Pumpen, die hier überall im Gelände des Gartencenters angebracht sind, um die Pflanzen zu wässern. Nach einem kargen Frühstück wandert Malte auf den Weg in Richtung Roth an der Our, überschreitet unbehelligt die Grenze nach Deutschland und erreicht gegen Mittag die Bundesstraße 50. Er ist den ganzen Tag fußläufig unterwegs. Es regnet wie aus Kübeln, späterhin scheint die Sonne. Ferner weht ein bitterkalter Ostwind. Mitfahrgelegenheiten Fehlanzeige! Heute ist niemandes bereit, einen durchgeregneten Tramp mitzunehmen. Am Abend in der Ortsgemeinde Geichlingen hat Malte keine Kraft mehr, frierend und durchnässt steht er mit nassen Füßen in einem Bushaltestellenhäuschen. Er hat Hunger und friert, je länger er über seine Flucht nachdenkt, umso schwerer fällt ihm jeder weitere Schritt. Malte Caskorb fasst einen Entschluss und ruft aus einer nahen Telefonzelle die Polizei in Bitburg an. Er stellt sich. Erschöpft sitzt er mit gesengtem Haupt weinend im Regen und wartet auf die Polizei.

*

Kriminaloberkommissar Stefan Lupfig von der Kriminalpolizei in Bitburg, reibt sich die Hände. Es ist stickig im Vernehmungsraum, er wurde lange nicht benutzt, in Bitburg macht das Verbrechen derzeit eine Pause.
Der Kriminaloberkommissar öffnet die Fenster und lässt die kühle Herbstluft hinein.
Lupfig erwartet einen Burschen, der sich per Selbstanzeige telefonisch aus Geichlingen der Beihilfe zum Mord bezichtigt hat und jeden Moment vorgeführt wird.
Was das wieder ist? Fragt er sich.
Mit Sicherheit einmal mehr ein durchgeknallter Obdachloser, der für den Winter einen Schlafplatz sucht, das haben sie um diese Jahreszeit oft.

Eine halbe Stunde später wird der Mann, der sich als Malte

Caskorb vorstellt, in Handfesseln vorgeführt. Durch ein Handzeichen gibt der Oberkommissar dem vorführenden Beamten zu verstehen das, er dem Gefangenen die Handschellen abnimmt.
Stefan Lupfig weist dem Delinquenten den Platz gegenüber am Vernehmungstisch zu.
Malte Caskorb, der übermüdet daherkommt, nickt niedergedrückt und lässt sich auf den Stuhl fallen.

«Herr Caskorb, berichten Sie mir bitte im Detail, was passiert ist und weshalb Sie sich angezeigt haben», bittet Lupfig, nachdem Malte die persönlichen Daten zu Protokoll gegeben hat. Eine Polizeibeamtin, die anwesend ist, notiert diese Einzelheiten und verlässt daraufhin den Anhörungsraum.
Malte Caskorb schildert den Vorfall am Abend nach der Jahresfeier der Backgammongruppe und weist darauf hin das, er Schmiere gestanden hat, als seine Mitspieler den Toten vergruben.
Oberkommissar Stefan Lupfig hört aufmerksam zu und unterbricht den Redefluss von Caskorb nicht.
Im Weiterem Verlauf der Aussage, schildert Malte Caskorb den Vorfall an der Skaterbahn in Stade, den er in einer Sommernacht beobachtet hat. Dann berichtet er von der monatelangen Flucht, die anfänglich nach Frankreich führte.
«Später trennten sich unsere Wege und jeder versuchte sein Glück im Alleingang!», setzt Malte seine Aussage fort.
«Ich habe mich über Luxemburg nach Deutschland durchgeschlagen! Heute Nachmittag war ich physisch und psychisch an meiner Grenze. Die Kälte und der Regen, sowie mein inneres Gefühlsleben haben mich fertiggemacht! Sodass

ich letzten Endes bei Ihnen angerufen habe», erklärt Malte Caskorb seine Rückkehr nach Deutschland.

Oberkommissar Lupfig beendet die Vernehmung und lässt Caskorb in eine Zelle bringen, in der er die nächste Zeit verbringt. Da es spät in der Nacht ist, holt er den zuständigen Staatsanwalt nicht mehr aus dem Bett. *Morgen ist auch noch ein Tag,* denkt er sich und setzt sich daran seinen Bericht zu erstellen.

*

Heino Kleinemeier eilt ans Telefon, das geraume Zeit nach ihm verlangt.
«Kriminalhauptkommissar Kleinemeier!», meldet er sich.
Gespannt hört er zu und gibt den anderen im Großraumbüro zu verstehen, still zu sein.
«Ok danke für die Information. Sie übersenden mir das Protokoll per Mail? Verbindlichsten Dank. Ja, ich schicke ein Team zu Ihnen, das Herrn Caskorb übernimmt. Prima, genauso gehen wir das an! Danke Herr Lupfig, auf Wiederhören.»

Heino legt den Hörer auf die Gabel und klatscht in die Hände.
«Malte Caskorb hat sich in Bitburg der Polizei gestellt!», ruft er in die Runde.
Sein Team beklatscht diese Nachricht, im Ergebnis haben sie einen Erfolg zu verzeichnen.
«Ja der Fahndungsdruck zeigt erste Wirkung!», kommentiert Kriminaloberkommissarin Vivian Steffens die Nachricht.
Heino Kleinemeier greift zum Telefon und benachrichtigt den Staatsanwalt über den Fortschritt.
Im Anschluss ordnet er an, das Vivian Steffens und

Kriminalkommissar Manuel Pieper sich auf den Weg nach Bitburg begeben, um den Delinquenten zu überführen.
«Transporter mit Sicherheitsabteil!» Weist er die beiden an, was die mit einem müden Lächeln zur Kenntnis nehmen.
«Dann eiern wir mit einem Sprinter gen Süden!»
Manuel nimmts mit Humor.
Vivian dagegen ist in diesem Fall nicht amüsiert, sie hat eine längere Tour mit dem Lieferwagen bewältigt und die Erfahrung erlangt, dass es nicht die bequemste Art zu reisen ist.

Jörg Merkens und Heino Kleinemeier forcieren die Fahndung und telefonieren mit ihren französischen Kollegen. Diese berichten, dass sie die Papiere von zwei der Flüchtigen in einem Papierkorb am Seine-Ufer in Paris gefunden haben. Zeugenmitteilungen lassen den Schluss zu das, die entflohenen Frankreich in Richtung Luxemburg verlassen haben. Die Luxemburger Polizei hatte dahingehend bisher keine nützlichen Erkenntnisse.

«Es ist wie verhext, kaum gehts einen Schritt voran, da stagniert die Fahndung», mault Kriminalkommissar Merkens.
Heino nickt, er kennt solche Sachlagen zu Genüge.
«Wir verlagern den Schwerpunkt nach Süddeutschland und sensibilisieren die Landesgrenzposten zu Österreich und zur Schweiz.»
Jörg Merkens hebt den Daumen und langt zum Telefon, um die Fahnder im Süden aufmerksam zu machen.

*

Helmer Wilbau und Cord Juskowiak sind nach einem gemeinsamen Frühstück in einem bescheidenen Café aufgebrochen, um in der Stadt auf die eine oder andere Art zu Geld zu kommen. Auf dem Marktplatz, der mit Touristen überfüllt ist, versuchen sie ihr Glück.

Zuerst probieren sie es mit Betteln, das kommt bei den Touris partout nicht an.

Später wagen sie sich, unbeaufsichtigte Handtaschen zu entwenden. Da haben sie mehr Glück, man glaubt ja nicht wie viele Menschen ihre Taschen ungesichert stehen lassen.

In zwei der Beutestücke finden sie stattlich gefüllte Geldbörsen, in einem der Portemonnaies entdecken sie eine EC-Karte, wo auf der Schutzhülle der PIN-Code verzeichnet ist.

«Wer macht denn so was?», fragt Helmer seinen Freund.

Cord grinst und eilt mit seinem Kumpan zum nächsten Geldautomaten. Das wiederholen sie an verschiedenen Automaten viermal.

Insgesamt zweitausend Euro heben sie ab. Später entsorgt Cord die Karte hinter einer Hecke. Helmer der das gesehen hat, bückt sich rasch und klaubt die Karte wieder auf.

Man kann nie wissen, wofür man die braucht, findet er. In einem Kaufhaus für Outdoorbekleidung statten sie sich in Anpassung zur Witterung mit dem geeigneten Outfit aus.

Später, nachdem sie sich satt gegessen haben, verlassen sie Luxemburg in Richtung deutsche Grenze. Ihr Ziel ist Italien, um sich in der Sonne zu erholen.

Dass Malte sich verselbstständigt hat, ist lange Vergessen und kein Thema unter den Gefährten. Das hier zählt für sie, da haben sie für die Vergangenheit keinen Platz mehr in ihrer Denke. Ein Fehler wie sich bald herausstellt.

Oberkommissar Stefan Lupfig krault sich verlegen seinen voluminösen Vollbart. Soeben hat ihm der Staatsanwalt den Marsch geblasen, weil er ihn in der Nacht nicht über das Eintreffen des Malte Caskorb benachrichtigt hat. Er hatte erst gegen zehn Uhr Bescheid gegeben, das war dem Ankläger ob der Brisanz des Täters zu spät.

Lupfig greift übelst gelaunt zum Telefon und ruft seinen Assistenten an. Gemeinsam fahren sie nach Geichlingen, Oberkommissar Lupfig schaut sich noch mal vor Ort um. Mit den Fahndungsfotos der drei Gesuchten putzen sie bei den Händlern des Ortes die Klinken. Nach Lage der Dinge sahen der ein oder andere Bürger den Malte Caskorb, da er im strömenden Regen durch den Ort gewandert war.

Am Ortsausgang in einer Schnellimbissstube erinnert sich ein Trucker, der dort seine Wurst verspeist, dass er die beiden gesuchten Protagonisten, am Vortag mit nach Salmtal genommen hat.

«Ich kenn die, hab die auf dem Rastplatz Pohlbach abgesetzt, die reisen in das Land, wo die Zitronen blühen.»

«Sind Sie sich da sicher, mit Italien?», fragt Oberkommissar Lupfig nach.

«Klar, die haben über nichts anderes gesprochen.»

«Fahren Sie die Strecke oft?»

«Täglich, außer am Wochenende.»

«Da sage ich herzlichen Dank für Ihre Auskunft und bitte Sie das, Sie am Samstag in Bitburg bei der Polizei vorbeischauen, um das zu Protokoll zu unterschreiben.»

«Am Samstag?», fragt der Trucker nicht direkt entzückt nach.

«Ja Samstag! Da arbeiten Sie ja nicht. Oder?», grinst Lupfig.

Da haben wir unsere Scharte von heute Morgen ja wieder ausgewetzt. Sinniert der Oberkommissar auf dem Heimweg nach Bitburg.

Unterwegs benachrichtigt er vorab die Kollegen in Stade, daraufhin setzt er seinen Staatsanwalt in Kenntnis. Der Ankläger ist merklich erleichtert, lässt sich zu allem Überfluss zu einem Lob hinreißen.

Lupfig denkt sich seinen Teil, zwischenmenschlich stimmt die Chemie zwischen dem Anklagevertreter und dem Kriminaloberkommissar nicht, das Problem beklagen andere Dienststellen gleichermaßen.

*

Zwei Wochen später Kriminalhauptkommissar Kleinemeier sitzt vor seinem Rechner und studiert einen Bericht der bayerischen Polizei.

Eine Dienststelle aus Sonthofen im Allgäu meldet die Sichtung von Cord Juskowiak. Touristen aus dem alten Land, die in Oberstdorf urlauben, haben Juskowiak eindeutig erkannt, wie sie sagen. Sie kennen sein Gesicht aus der Tageszeitung in ihrer Heimat, berichtet der meldende Beamte.

Es sieht so aus, wie wenn Juskowiak solo unterwegs ist. Er ist in den Bus ins Kleinwalsertal eingestiegen.

Die bayerische Polizei hat eine Suchaktion mit Unterstützung der Bundespolizei eingeleitet und ist optimistisch, dass sie den Gesuchten finden.

«Das hört sich ja erfreulich an», wertet Heino und gibt Vivian ein Zeichen, das sie zu ihm kommt.

Vivian Steffens ist damit beschäftigt die Vernehmung von Malte Caskorb vorzubereiten. Eine Unterbrechung passt ihr momentan nicht. Obgleich ist sie voller Neugier, was der Chef für Neuigkeiten hat.

«Gute Nachrichten! Cord Juskowiak wurde gesehen und die Kollegen in Bayern haben eine Suchaktion nach ihm gestartet», berichtet Heino Kleinemeier.

«Wo ist er denn?»

«Im Allgäu, an irgendeinem Ort zwischen Sonthofen und dem Kleinwalsertal. Die Österreicher wissen Bescheid und passen am Grenzübergang mit verstärkter Grenzpatrouille auf», schildert Heino.

«Ja prima! Da haben wir ja bald die Nummer zwei des Trios eingesackt», freut sich Vivian.

«Wie weit bist du mit den Vorbereitungen?»

«Ich Brauch ca. eine Stunde, dann vernehmen wir den Caskorb», antwortet Vivian Steffens.

«Ok den verhören wir nach dem Mittag, ich lass ihn schon mal in den Vernehmungsraum bringen, ein bisschen schmoren schadet ja nicht», sagt Heino Kleinemeier und grinst verschmitzt.

Kriminaloberkommissarin Steffen verdreht im Weggehen die Augen, sie hält nichts von diesen Verhörmethoden. Dass die Männer eine Vernehmung oft wie Armdrücken angehen. Dabei ist es doch vorrangig von Vorteil, den Kopf anzustrengen, um die richtigen Antworten zu erhalten, findet sie. Das mit dem Verhör hatte sie sich anders vorgestellt. Nachdem sie und Manuel Pieper den Gesetzesbrecher in Bitburg abgeholt hatten, war dieser enorm grippegeschwächt.

Unterwegs erkrankte er an einer Lungenentzündung. Die Bayern haben ihn stundenlang bei offenem Fenster im Verhörraum vernommen, obwohl Caskorb komplett durchnässt war. Seine Pneumonie hat Malte Caskorb in den letzten zwei Wochen, in der JVA Bremervörde, in der Krankenstation auskuriert.
Gegenwärtig steht einer Vernehmung nichts mehr im Weg.

*

Helmer Wilbau und Cord Juskowiak kommen per Anhalter mühelos voran. Nach zwei Tagen sind sie kurz vor München. In Aubing schlüpfen sie am Abend durch ein vergessenes Fenster in die Unterrichtsräume der Grundschule Gotzmannstraße.
Es ist ordentlich eingeheizt und sie beschließen, hier die Nacht zu verbringen. Nachdem sie das Schulgebäude nach Bargeld abgesucht haben. Sie finden ausschließlich mickrig bestückte Klassenkassen, legen sie sich im Lehrerzimmer schlafen. Da Freitag ist, ist kaum mit einer Störung am Morgen zu rechnen. Cord, dem das Tempo von Helmer zu arg ist, plant sich in der Nacht abzusetzen.
Er ist es leid, die zweite Geige zu spielen und was soll er in Italien. Erstens spricht er die Sprache nicht und zweitens gedenkt er in Deutschland oder Österreich zu bleiben.

Drei Uhr, Helmer schläft tief und fest. Er hat am Abend eine ganze Flasche Rotwein ausgetrunken, die er im Lehrerzimmer im Schrank gefunden hat. Cord nutzt das aus und schleicht auf leisen Sohlen davon. Er orientiert sich in Richtung zur A96. Cord hat Glück, auf einem Parkplatz findet er einen

Österreicher, der ihn in seinem Transporter bis nach Kaufbeuren mitnimmt.

Gegen Mittag ist er in Kempten. In einer Metzgerei holt er sich eine Leberkässemmel und wandert zur nächsten Bushaltestelle. Sonthofen ist sein Ziel.

Hier war er vor Jahren mit seinen Eltern im Urlaub.

Er erinnert sich gern daran, er hat sonst, fasst nichts mit seinen Eltern unternommen. Sein Vater war in jenen Tagen beruflich hochgradig eingespannt und das Geld war nicht üppig. Ungeachtet dessen haben es die Eltern in Sonthofen ordentlich krachen lassen. Mit Skikurs und Hüttenwanderung. Sie waren gemeinsam in der Breitachklamm und haben die Eiszapfen bewundert und Dampfnudeln zum Kaffee genossen. An einen Abend erinnert er sich vor allem, da war er das erste Mal mit seinen Eltern in der Disco. Im Alpina, einer Kellerdisco, führte ihn seine Mutter in die Rituale des Discotanzes ein.

Cord denkt mit Wehmut an die Zeit zurück, kurz nach dem Skiurlaub verunglückten seine Eltern mit dem Auto und kamen dabei ums Leben.

«Shit Happens», flucht er und verlässt am Bahnhof in Sonthofen den Bus.

Im Soldatenheim, einer Betreuungseinrichtung der Militärseelsorge in der Richard-Wagner-Straße, die für jeden offensteht, isst er zu Abend. Hirschbraten mit Semmelknödel, das Lieblingsgericht seines Vaters.

In der kirchlichen Soldateneinrichtung erhält er für die Nacht ein Zimmer. Das ist nicht üblich, da die Räume für Angehörige der Soldaten vorbehalten sind.

Der Leiter des Soldatenheims macht eine Ausnahme.

Dankbar begibt Cord sich in das zugewiesene Zimmer. Nach einer heißen Dusche und einem Weißbier schläft er rasch ein.

Am nächsten Morgen wandert Cord weiter, um sich die Breitachklamm anzuschauen, die am Eingang zum Kleinwalsertal liegt.
In Fischen macht er einen Zwischenstopp. Hier ist er mit den Eltern in einer Nachtloipe unter Flutlicht, Langlaufski gefahren. Ein ausgezeichnetes Erlebnis. Erinnert er sich.
Gedankenversunken in vergangene Zeiten sitzt er auf einer Bank in der Wintersonne und schaut den Langläufern bei ihrem Sport zu.

Zwei Stunden später besteigt er den Linienbus ins Kleinwalsertal. Er setzt sich entspannt in den Sitz, nachdem er den Fahrschein beim Fahrer vorgezeigt hat. Unvermittelt spricht ihn ein fremder Herr mit seinem Namen an.
«Cord Juskowiak?»
«Äh, ja? Das bin ich.» Der Kerl zeigt ihm seinen Dienstausweis und stellt sich als Kommissar Fütterer vor.
«Erzeugen Sie, kein Aufheben! Sie sind vorläufig festgenommen!», sagt Kommissar Fütterer und legt Cord Handschellen an.
Cord Juskowiak ist so perplex, dass er dem Kommissar bloß zuschaut.

Fütterer freut sich ein Loch in den Bauch. Am Morgen, wie ihm sein Vorgesetzter in Kempten eröffnete, das er mit dem Linienbus zum Kleinwalsertal fahren soll, um diesen flüchtigen Mordverdächtigen aufzuspüren.
Hat er an dessen Zurechnungsfähigkeit gezweifelt. Sein Chef

beharrte darauf. Fütterer war zwar bockig, trotz alledem dienstbeflissen in den Bus gestiegen.

Das der Gesuchte in Fischen in den Bus einsteigt, ist wie ein Sechser im Lotto.

Nachdem er den Mordverdächtigen an der Sitzlehne angeschlossen hat, eilt er vor zum Busfahrer und bittet ihn, am Explorer Hotel in Oberstdorf anzuhalten. Den fragenden Blick des Fahrers beantwortet er mit dem Vorzeigen seines Dienstausweises.

Per Mobiltelefon verständigt er die Polizeiwache in Oberstdorf und seinen Vorgesetzten.

Cord Juskowiak hat den Kommissar wortlos zur Kenntnis genommen und sich in sein Schicksal ergeben.

Er ist erleichtert, dass es vorbei ist.

Kapitel 14

Helmer Wilbau ist stocksauer, wie er am Morgen feststellt, dass sich sein Kumpel in der Nacht verabschiedet hat. Er hat zwar bemerkt das, Cord nicht erbaut von Italien war, ist aber davon ausgegangen das, er es akzeptiert hat. Nach einem reichhaltigen Frühstück im Café Aubinger Herzl setzt er seinen Weg allein fort.

Sein heutiges Ziel ist Garmisch-Partenkirchen. Aufgrund der Witterungsverhältnisse, es hat in der Nacht zwanzig Zentimeter Neuschnee gegeben, ist es mit dem Trampen zu Beginn schwierig, da die Straßen nicht uneingeschränkt geräumt sind.

Späterhin, gegen halb zwölf hat er die Möglichkeit, bei einem Lkw mitzufahren. Von Garmisch aus beabsichtigt er über Innsbruck den Brenner zu erreichen. Nach zwei weiteren Mitfahrgelegenheiten verbringt er in Mittenwald eine eiskalte Nacht in einer Hütte der Bogenschießanlage im Ried. Er schafft es am nächsten Mittag bis Innsbruck.

Hier plant er, durchgefroren wie er ist, zwei Tage zu verweilen. Im Marmota-Hostel am Tummelplatzweg findet er eine günstige Bleibe.

*

Kriminalkommissar Jörg Merkens, ist mit Manuel Pieper im Großraumbüro, wie der Anruf aus Kempten sie erreicht. Überrascht ob der zügigen Festnahme, freuen sich die beiden. «Verbleibt Helmer Wilbau!», sagt Manuel Pieper erleichtert. Kriminalkommissar Merkens ist nicht so euphorisch, mit Cord Juskowiak haben sie nicht den schlimmsten der drei Täter.

Auswertungen von Überwachungskameras aus Geschäften in Stade haben klar aufgezeigt das, Helmer Wilbau der brutalste des Trios ist. Gnadenlos hat er auf die Opfer eingetreten. Cord Juskowiak war da distanzierter.

Nachdem Malte Caskorb seine Aussagen getätigt hat, haben sie gezielt nach Aufnahmen an den Tatorten gesucht und wurden bei dem ein oder anderen Händler fündig. Erfreulicherweise sind die Aufzeichnungen nicht gelöscht worden. Jörg benachrichtigt Heino Kleinemeier über die Informationen aus dem Allgäu.
Der Leiter der Mordkommission freut sich. Er ist zurzeit auf dem Weg zu Andrea Wilbau, um sie auf die brutalen Attacken ihres Bruders vorzubereiten. Es fällt ihm schwer, denn inzwischen ist so was wie ein freundschaftliches Verhältnis entstanden. Durch die Aktivitäten um Fiete war man enger beieinander.
Andrea öffnet ihm die Tür und bittet ihn hinein.
«Was ist, passiert das du persönlich und offiziell hier erscheinst?», fragt sie besorgt, wie sie in der bescheidenen Küche zusammenstehen.
«Wir haben Videoaufnahmen von einigen der Tatausführungen, ich beabsichtige, dich darauf vorzubereiten.»
«Was für Aufnahmen?» Andrea schaut ihn erschrocken an.
Heino erklärt ihr, um was es sich handelt, und schildert ihr die Brutalität ihres Bruders. Andrea glaubt es zunächst nicht, wie Heino ihr Standbilder der Straftaten zeigt, begreift sie, dass ihr Bruder einer der aktivsten der Täter war.
«Da werde ich das Bild, was ich von meinem armseligen

Bruder habe, deutlich revidieren», sagt sie betroffen.
Heino Kleinemeier erfasst ihre Hände und gibt ihr Trost.
Andrea tut ihm leid. Sie hat bis zuletzt gehofft das, sich ihr
Bruder von den anderen hat mitreißen lassen.
«Ich dachte, ich zeige es dir persönlich, bevor du es aus der
Zeitung oder vor Gericht erfährst.»
«Ist in Ordnung! Ich weiß, dass ihr es wohltuend mit mir
meint. Lass mich jetzt bitte allein.»
Kriminalkommissar Kleinemeier hat Verständnis, er würde in
der Wirrnis genauso reagieren. Er verabschiedet sich von
Andrea und begibt sich auf den Weg zur Dienststelle.

*

Helmer Wilbau hat sich prima erholt in den zwei Tagen in
Innsbruck. Oft ist er durch die Stadt geschlendert und hat sich
Sehenswürdigkeiten angeschaut. Das lenkt ihn ab und er
kriegt den Kopf frei. Am beeindruckendsten findet er das
goldene Dachl in der Herzog-Friedrich-Straße. 2.657
feuervergoldete Kupferschindeln geben dem Prunkerker
seinen Namen. Da hat Kaiser Maximilian was Ästhetisches
geschaffen. Genauso hat es die kaiserliche Hofkirche Helmer
angetan. Das war eine prächtige Zeit damals, wertet er.

Am Morgen des dritten Tages begibt er sich ausgeruht auf den
nächsten Teil seiner Flucht. Er schafft es zügig, an den Brenner
zu kommen. Dort auf dem Platz an der Mautstation bemüht er
sich seit zwei Stunden um eine Mitfahrgelegenheit. Späterhin
hat ein Lkw-Fahrer aus Lippstadt Erbarmen mit ihm. Er
transportiert elektronische Bauelemente nach Civitavecchia,
das ist ein enormer Sprung nach Italien hinein und passt

Helmer ausgezeichnet. Sein Freund, den er aufsuchen will, lebt in einer Kommune in Follonica unweit Piombino, das ist nicht weit weg von Civitavecchia.

Nachdem die Fahrt zügig vorangeht, stehen sie geringfügig später im Stau. Mario, so heißt der Fahrer, reagiert entspannt. Er fährt die Tour wöchentlich und ist den Stau gewöhnt. Langsam rollen sie hinter dem Vordermann her.

«Was treibt dich in Richtung Follonica? Die Liebe?», fragt Mario nach dem Grund der Reise.

Dass er dem Fahrer sein Ziel genannt hat, war ein Versehen und Helmer bereut das inzwischen. Er hat gehofft, dass der Fahrer sich das nicht gemerkt hat.

«Nee, ich besuche einen alten Freund, der sich dort angesiedelt hat.»

«Na da hoffen wir, dass es bald weitergeht.» Mario hat bemerkt, dass Helmer nicht damit herauswill, warum er nach Follonica fährt.

Der hat todsicher Dreck am Stecken, gefolgert Mario in Gedanken und überlegt, wie er den Fahrgast wieder abschüttelt. Denn unsaubere illegale Geschichten kommen für ihn nicht infrage. Er arbeitet in seinem Job gern, das gibt er nicht wegen eines Tramps auf.

Nach langem Rumgeeiere kommt der Verkehr langsam wieder in Bewegung. Mario lenkt den schweren Truck geschickt durch die Widrigkeiten des italienischen Straßenverkehrs. Helmer bewundert seine Ruhe, wenn sonnenbebrillte Gigolos ihn mit ihren Protzcabrios beim Einscheren schneiden und vergnüglich winkend den Mittelfinger in den Himmel strecken.

«Dich bringt nichts aus der Ruhe?»

«Nein, so rasch nicht! Vor allem nicht diese Millionärsschnösel mit ihren Aufreißerkisten.»

Mario schiebt seine Sonnenbrille auf den Kopf und wischt sich den Schweiß aus dem Gesicht. Er ist langsam müde und braucht eine Pause.

«Am nächsten Rastplatz tätige ich meine gesetzliche Fahrtunterbrechung! Wenn dir die Pause zu lang ist, kannst du es ja von dort weiter versuchen», sagt er zu Helmer.

Er hat die Hoffnung, dass sich sein Gast einen anderen Transport sucht.

«Ach ich leg mich auf eine Bank und warte deine Pause ab, bei dir bin ich sicher, dass ich nahe an mein Ziel herankomme», antwortet Helmer.

Auch er ist heilfroh, dass er frische Luft schnappen kann.

Shit, ärgert sich Mario und überdenkt eine andere Strategie, um seinen Begleiter wieder loszuwerden.

*

Fiete ist auf Wolke sieben. Andrea Wilbau und Jörg Merkens haben ihn in den Wildpark schwarze Berge eingeladen. Fiete der so was nie erlebt hat, kommt aus dem Staunen nicht heraus. Obwohl im Winter nicht alle Tiere draußen sind, vergnügt Fiete sich an der Natur. Am meisten beeindrucken ihn die Wölfe, die in ihrem Auslauf, wiederkehrend auf ihren Wegen dahinhuschen.

«Sind die erkrankt? Rennen immer gleich!», fragt er Andrea.

«Nein die sind nicht erkrankt, ihr Gehege ist von geringem Umfang, deswegen eilen sie immerfort die gleichen Wege», erklärt sie Fiete.

«Dann muss das größer werden!», sagt Fiete forsch und

wendet sich der nächsten Tierart zu die ihn fasziniert.
«Wenn das so problemlos wäre», raunt Jörg Andrea zu.
Andrea hakt sich bei ihm unter und sie folgen Fiete, der von
einem Gehege zum anderen eilt und begeistert die Tiere
füttert. Jörg hat ihm am Einlass eine gehörige Portion
Tierfutter gekauft.

Am Nachmittag sitzen sie zu dritt im Tierparkrestaurant bei
Kaffee und Kuchen. Fiete hat sich einen stattlichen Kakao
gewünscht, der ihm mit einer gehörigen Sahnehaube serviert
wurde. Spitzbübisch schaut er in die Runde und zeigt auf seine
weiße Nasenspitze. Alle lachen. Andrea wischt ihm fürsorglich
die Sahne von der Nase. Wie eine Familie urteilt Jörg Merkens
und empfindet Behaglichkeit bei dem Gedanken.
Durch die Befürsorgung um Fiete sind Andrea und er sich
nähergekommen, es ist derzeit ein zartes Pflänzchen, aus dem
eine beachtliche Liebe entsteht. Jörg gibt alles dafür.
Andrea hat ihm zu verstehen gegeben, dass sie Interesse an
einer Partnerschaft hat. Fiete würde bei ihnen bleiben,
darüber sind sie sich einig.
Am Abend bringen sie den herzensfrohen erschöpften Fiete
wieder zurück zum Neuwerk in seine Jugendeinrichtung.
Andrea und Jörg lassen den Abend in der Tapasbar am alten
Stadthafen bei einem Glas Rotwein harmonisch ausklingen.

*

Cord Juskowiak sitzt im Flugzeug nach Hamburg. Er ist in
Begleitung von zwei Polizeibeamten in Zivil.
Um seine Handfesseln zu verdecken, haben sie ihm seine
Jacke darübergelegt.

Am frühen Morgen sind sie von Kempten mit einem Helikopter der Polizei in Richtung München geflogen. Mit einem Linienflug reisen sie weiter nach Hamburg.

Cord, der weiterhin seine Trekkingklamotten trägt, grübelt darüber nach, was er der Polizei in Stade erzählt. Da er keine Kenntnis darüber hat, ob die Polizei all die toten Berber gefunden hat, entscheidet er sich, soviel herauszulassen wie man ihm nachweist. Mit der Strategie fährt er am besten, vermutet er.

In Hamburg empfängt sie der Leiter der Mordkommission, Kriminalhauptkommissar Kleinemeier. Seine Assistentin, eine Vivian Steffens unterzeichnet die Übergabeformalitäten, geringfügig später steigen sie in den Dienstwagen und begeben sich auf den Weg nach Stade.

Auf dem Kommissariat verbringen sie ihn gleich in den Verhörraum.

Da sitzt er, hat Hunger und Durst. Cord hat keinen blassen Schimmer, wann es weitergeht. Der Polizist, der mit im Vernehmungsraum ist und auf ihn aufpasst, ist stumm.

Er beantwortet nicht eine Frage. Ein Glas Wasser stellt er ihm hin wie er, um was zum Trinken bittet.

Heino Kleinemeier und Vivian besprechen bei einer Tasse Kaffee, wie sie das Verhör strategisch angehen.

«Wir setzen ihn zuerst mit den beiden Morden unter Druck, die uns Malte Caskorb geschildert hat!», schlägt Kriminaloberkommissarin Steffens vor.

«Vivian, lass uns das anders aufziehen. Wir haben die Bilder von einigen Straftaten. Lass uns die ansprechen und ihn nach und nach mit dem Bildmaterial konfrontieren. Was hältst du von dem Vorschlag?»

«Könnte klappen, unter Umständen verplappert sich Juskowiak und wir erfahren, wie die anderen Morde passiert sind.» Nickt Vivian Steffens verstehend.

Gemeinsam betreten sie den Verhörraum. Zuerst erfassen sie die persönlichen Daten von Cord Juskowiak.

Sie sitzen sich gegenüber und fixieren sich mit den Augen. Zuerst bricht Juskowiak sein Schweigen, das Ansinnen ist schon mal aufgegangen.

«Was wollen Sie von mir? Ich weiß nicht, was ich hier soll! Sie machen sich ja lächerlich», tönt er.

«Warum Sie hier sind! Sie sind ein erbärmlicher Mörder, der wehrlose Menschen auf brutalste Art und Weise umgebracht hat!», entfährt es Heino Kleinemeier.

Ob der Arroganz des Täters ändert er seine Absicht und legt rasch die Fotobeweise der Morde vor Cord Juskowiak auf den Tisch. Vivian sieht ihren Chef erstaunt an.

«Reicht das zum Beweis! Kommen Sie runter von Ihrem hohen Ross? Oder gedenken Sie die Aussagen von Ihrem Mordskumpel Malte Caskorb zu lesen?»

Heino Kleinemeier ist außer sich, wie dreist dieser Juskowiak hier auftritt. Entweder er ist eiskalt wie ein Fisch oder es stimmt mit seinem Hirn was nicht.

Vivian stößt Heino in die Seite und gibt ihm zu verstehen, dass sie Gesprächsbedarf hat. Heino nickt und weist den Polizeibeamten an, aufzupassen das Juskowiak nichts anfasst.

Vor der Tür versucht er eine Erklärung, warum er die besprochene Strategie nicht angewandt hat.

«Der hat mich mit seiner kühlen Arroganz gezwungen die Vorgehensweise zu ändern!», rechtfertigt er sich.

«Ok! Arbeiten wir in der Tonart weiter!», sagt Vivian und stößt ohne eine Antwort abzuwarten die Tür zum Vernehmungsraum auf.

Bevor sie sich setzt, feuert sie ihre Frage ab.
«Das Sie hilflose Obdachlose getötet haben, das hat Ihnen nichts ausgemacht? Das glaube ich nicht! So abgestumpft ist kein Mensch! Ein Mensch sind Sie? Oder ist es, das Tier in Ihnen, das die Grausamkeiten verübt hat?»
Juskowiak wirkt merklich jammervoller auf seinem Stuhl.
«Was ist? Ich erwarte Antworten auf meine Fragen!», raunzt Vivian Steffens und schlägt mit der flachen Hand auf den Tisch.
Das ist zu arg für Cord Juskowiak, mit tränenerstickter Stimme stimmt er sein Klagelied an.
«Heul hier nicht rum!», fährt Heino ihn an, «ich erwarte Fakten zu jedem einzelnen Mord!»
Cord Juskowiak eröffnet sein Geständnis beim Anschlag gegen Wilhelm Rüter und endet spät in der Nacht, mit dem Tötungsdelikt gegen Fiete, den mongoloiden Obdachlosen.
«Den haben wir wie es aussieht nicht getötet, denn der hat ja überlebt, wie in der Zeitung stand.» Endet er seine Ausführungen.

Kriminalhauptkommissar Kleinemeier und Vivian Steffens sind geschafft, sechs Stunden hat die Vernehmung gedauert. Das Ergebnis ist ausgezeichnet, zu allen Morden haben sie eine Aussage. Morgen protokollieren sie die Schilderung der Flucht. Hier ist erst mal Feierabend.
«Drei Uhr zweiundzwanzig», sagt Vivian und trägt das Ende der Vernehmung ins Protokoll ein.

Gemeinsam verlassen sie das Dienstgebäude und fahren nach Hause.

*

Cord Juskowiak ward zurück in seine Zelle gebracht. Er ist ein gebrochener Bursche. Während der Vernehmung hat er erst begriffen, was er und Helmer da angestellt haben. Die Bilder der Auffindesituationen, die ihm der Kommissar gezeigt hat, kriegt er nie wieder aus seinem Kopf, da ist er sich sicher. Malte, so hat er verstanden, hat sie nicht verraten. Er hat die Flucht aufgegeben, weil er nicht mehr konnte und physisch wie psychisch am Ende war, hat die Kommissarin angemerkt. Ja sie sind beide ein menschliches Wrack, das haben sie selbst zu verantworten, wertet Juskowiak und versucht einzuschlafen.

Kapitel 15

Der Trucker Mario schaut sich um, er sucht Helmer Wilbau. Da entdeckt er ihn, Helmer liegt langausgestreckt auf einer Bank, seinen Rucksack hat er dabei. Er hat sich, Nudeln zum Essen zubereitet, wie es aussieht. Mario schleicht zu seinem Truck und öffnet geräuschlos die Tür. Blitzschnell springt er auf den Bock und startet den Motor. Im Seitenspiegel verfolgt er, wie Helmer sein Geraffel zusammenrafft und hektisch zu ihm rüber winkt. *Das hast du dir gedacht,* grinst Mario und legt den Gang ein. Helmer schaut erstaunt, wie er bemerkt, dass der Truck ohne ihn abfährt.
Mario grinst sich eins ins Fäustchen und fährt unbehelligt wieder auf die Brennerautobahn. Das ist geschafft, Mario hat gehofft, dass er seinen Mitfahrer ohne breite Diskussion loswird. Er schaltet das Radio ein, um die Verkehrsnachrichten zu hören, und fährt heiter vor sich hin pfeifend seinem Ziel entgegen.

Helmer ist stinkesauer, da hat ihn dieser Lkw-Fahrer hereingelegt. Warum? Sie haben sich verhältnismäßig nett unterhalten. Helmer Wilbau ist enttäuscht. Sorgsam verschnürt er seinen Rucksack und stellt sich an die Ausfahrt der Raststätte Plose und wirbt um seine Mitnahme. Unvermittelt hält ein Wagen der zivilen Staatspolizei, der Polizia di Stato, vor ihm an. Die Beamten verlangen nach seinem Ausweis. Helmer der nervös ist, überreicht den Identitätsnachweis und hofft, dass er nicht in den Fahndungslisten der Italiener steht.

Freundlich geben sie ihm den Ausweis zurück und fahren davon. Puh, da hatte ich Glück, bläst Helmer erleichtert die Luft aus der Lunge und macht sich fußläufig abseits der Autobahn vom Acker.

Nach einem Fußmarsch von drei Stunden erreicht er Pairdorf, dort im Satzlhof findet er günstig Unterkunft. Nach einem ausgiebigen Abendessen legt er sich alsbald schlafen. Wilde Träume lassen ihn spät in der Nacht aufschrecken. Weil er nicht wieder einschläft, entscheidet er sich für einen frühen Aufbruch. Da spart er gleich den Geldbetrag für die Unterkunft und das Essen ein. Geräuschlos schleicht er mit seinem Rucksack aus dem Hinterausgang der Herberge. Geschwind wandert er weiter entlang der SP74 in Richtung Feldthurns, von hier gelangt er wieder an die Brennerautobahn. Nach knapp zwei Stunden hat er den Zielort ereilt, es dämmert annähernd und er entschließt sich, direkt zur Autobahn vorzugehen.

Bei Schrambach erreicht er nach einer weiteren Stunde die A22. Er trampt verbotener Weise auf der Kriechspur, das ist in Italien tabu. Da der Verkehr hier im Schritttempo vorbeifährt, hat er Hoffnung, eine Mitfahrgelegenheit zu ergattern. Wahrhaftig hält nach einer kurzen Wartezeit ein Wagen an und ein Paar, das an den Gardasee reist, erlöst ihn. Von der Rückbank aus sieht Helmer wie die Carabinieri auf der SP74 auf- und abfahren. Ob die ihn wegen der Zechprellerei suchen? Er hat keine Ahnung und es ist ihm egal.

Der Stau löst sich auf und allmählich zockeln sie weiter. Nicht rasend, zumindest dem Ziel Gardasee näher.

*

Eine Woche später, auf der Dienststelle ist wieder Routine eingekehrt. Malte Caskorb und Cord Juskowiak sitzen sicher hinter Schloss und Riegel und warten auf ihren Prozess.
Die Fahndung nach Helmer Wilbau verläuft schleppend. Letzte Standortmeldung ist ein Fax aus einem kärglichen Dorf in der Nähe von Brixen am Brenner, wo Wilbau die Unterkunft und die Zeche geprellt hat.

«Der fühlt sich erstaunlich sicher, wenn er weiterhin seinen Pass vorlegt.»
Manuel Peters schüttelt den Kopf.
«Der kann sich denken das wir nach ihm suchen», echauffiert er sich und lässt sich mit dem Fax in der Hand in seinen Drehstuhl fallen.
Jörg Merkens räuspert sich, um die Aufmerksamkeit seiner Kollegen zu erhalten. Er steht auf und steckt seine Hände tief in die Taschen seiner ausgebeulten Cordhose, bevor er spricht:
«Andrea Wilbau und ich sind ein Paar! Wir ziehen demnächst zusammen. Ich setze euch darüber in Kenntnis, bevor hier Gerüchte die Runde machen.»
Jörg atmete hörbar aus, wie er den Satz vollendet hat.
«Ja prima, meinen Glückwunsch!», freut sich Heino Kleinemeier und schlägt Jörg freundschaftlich auf die Schulter. Ebenso beglückwünschen Vivian und Manuel ihn zu seiner neuen Familie.
«Fiete nehmen wir logischerweise zu uns!», stellt Jörg klar.

Heino, der neben Vivian getreten war, sagt flüsternd zu ihr:
«Ich wusste es, hatte von Anfang an ein positives Gefühl bei den beiden.»

Vivian nickt und tupft sich mit einem Taschentuch verstohlen eine Träne weg. Soviel Glück, muss sie erst mal verkraften.

Jörg ist erleichtert das, seine Kollegen die Nachricht herzlich aufgenommen haben. Er hatte mit enormer Kritik seitens Kriminalhauptkommissar Kleinemeier gerechnet. Da Andrea die Schwester des flüchtigen Helmer Wilbau ist. Zufrieden begibt er sich an seinen Arbeitsplatz und bemüht sich weiter Helmer Wilbau seinen zukünftigen Schwager zu finden.

*

Im Generalkommando der Carabinieri in Rom ist soeben die Meldung eingetroffen das, Helmer Wilbau vor Wochen in Plose auf einem Rastplatz von der zivilen Staatspolizei, der Polizia di Stato kontrolliert wurde. Ohne dass die bemerkten, wen sie da in Augenschein nahmen. Der General tobt. Wieder ist es durch Kompetenzgerangel und Standesdünkel zu maßgeblichen Verzögerungen in der Weiterleitung der Meldung gekommen. Angenehm das der Lokale Beamte in Pairdorf nutzwertig reagiert und den Deutschen ein Fax zugesandt hat. Sofort veranlasst er eine Eilmeldung an alle Medien des Landes, mit der Bitte, sich an der Suche des mutmaßlichen Mörders aus Deutschland zu beteiligen. Ein Foto, das er von den deutschen Kollegen aus Stade erhielt, hängt er gleich mit an die Eilmeldung.
Derzeit sucht jeder Polizist des Landes nach Helmer Wilbau. Der General ist sich sicher das seine Jungs den Gesuchten über kurz oder lang erwischen.

*

Helmer Wilbau, der vorerst entgegen seiner Absicht, mit der Familie an den Gardasee gefahren ist. Steht kreidebleich im Lebensmittelladen in Castelletto. Er ist zu Fuß vom Hotel Orione, seiner Unterkunft, in den Ort gebummelt um Wasser für sich zu besorgen. Helmer ist zu seinem Glück in dem gleichen Hotel untergekommen wie die Familie, die ihn mitgenommen hat. Heute Morgen hat er trotz allem ein enormes Problem, auf allen Zeitungen im Aushang des Ladens ist sein Konterfei zu sehen. Ein deutsches Boulevardblatt hat die Fahndungsmeldung gleichermaßen abgedruckt. In Windeseile zieht er sich die Pudelmütze ins Gesicht und verdünnisiert sich aus dem Laden.

Beim Hotel angekommen rafft er rasch seine Sachen zusammen und verlässt die Herberge mit seinem Rucksack. Auf Nachfrage der Rezeptionistin erklärt er, dass er heute auf den Monte Baldo aufsteigt, was vonseiten seiner Gastgeber, aufgrund der Witterung, mit einem Kopfschütteln kommentiert wird. Auf einem Parkplatz direkt am See entwendet er ein Mountainbike, welches ungesichert auf einem Heckfahrradträger angebracht ist.

Zuerst fährt er am See entlang in Richtung Malcesine, nach einem dürftigen Frühstück radelt weiter Richtung Norden. Trentino ist das Ziel. Von dort versucht er es mit der Bahn zurück nach Deutschland.

Helmer hat begriffen, dass er in einem Land in dem er sich nicht auskennt, schwer untertauchen kann. Er ist hier zu jeder Zeit auf fremde Hilfe angewiesen und hofft das, dass in Deutschland anders ist.

Am Abend erreicht er sein Ziel. Durchgefroren stellt er das gestohlene Rad am Bahnhof ab und gönnt sich an einem Kiosk einen Cappuccino. Der erweckt wieder die Lebensgeister. Am Fahrkartenschalter löst er ein Ticket nach Augsburg. Warum Augsburg? Er weiß es nicht, es ist eine spontane Eingebung. Später im Zug, der proppevoll ist, findet er einen Platz im Großraumwagen. Die Mütze tief ins Gesicht gezogen, stellt er sich schlafend. Fürwahr schläft er nach der ersten Fahrkartenkontrolle ein, die anstrengende Radtour fordert ihren Tribut.

Nach ca. drei Stunden steigt Helmer um, hier übersteht er die Kontrolle wieder problemlos. Im Zugrestaurant besorgt er sich eine Kleinigkeit zum essen und einen Kaffee, der mit dem italienischen Kaffee der letzten Tage nichts gemeinsam hat. Müde schaut er aus dem Zugfenster in die Nacht hinaus. *Er ist gewillt die Flucht zu Ende zu bringen, dafür wird er kämpfen. Das klappt sicher, ist er selbstbewusst, er ist soweit gekommen.* Mit diesen Gedanken verbringt er die Nacht am Zugfenster und schläft ein.

«Augsburg Hauptbahnhof!», hört Helmer Wilbau wie durch Watte.

Bei der zweiten Durchsage schießt er empor und schaut sich verschreckt im Zugabteil um. Die Mitreisenden grinsen ihn schadenfroh an.

«Augsburg Hauptbahnhof!», ruft die Lautsprecherstimme auf dem Bahnsteig.

Helmer schnappt sich seinen Rucksack und verlässt grußlos das Abteil, in dem er den letzten Abschnitt seiner Bahnfahrt verbracht hat. Die Mitfahrer lachen ihn aus.

«Ist anständig verpeilt der Arme», spricht ein älterer Herr aus, was alle denken.

Das hört Helmer nicht mehr, er schafft es soeben noch, auszusteigen. Ein Bahnmitarbeiter schimpft ihn ordentlich, da der Zug längst angerollt ist, als Helmer hinausspringt.

Unauffällig geht anders, ärgert sich Helmer.

Er verdrückt sich zügig vom Bahnhof weg. Es ist früh am Tag, halb fünf zeigt die Uhr. Helmer eilt, nachdem er sich einen Kaffee zum Mitnehmen besorgt hat, zunächst in den Wittelsbacher Park. Da hier im Winter die Bänke abgebaut sind, setzt er sich im Windschatten einer Mauer auf seinen Rucksack und trinkt den Kaffee.

Er überdenkt, wie es weitergeht. Er beabsichtigt in Augsburg einige Tage zu bleiben. Eine preisgünstige Unterkunft zu finden ist schwer, es ist erforderlich, einen Gastgeber auszumachen, der keine Fragen stellt.

Nach dem Kaffee wandert er, um sich zu erwärmen, durch die Stadt. Gegenüber dem Hotel Jakoberhof findet er ein Automatenhotel, ein sogenanntes Low Budget Hotel. Hier mietet er sein Zimmer am Hotelomat.

Helmer gibt die geforderten Daten ein und die Apparatur fordert zweihundertneunundfünfzig Euro von ihm. Helmer schiebt die EC-Karte, die er in Luxemburg gestohlen hat, in den Slot des Automaten und erhält einen Zugangscode. Ohne Ausweis und Melderegister, eine prima Sache.

Es ist ein Geschenk des Himmels, das die Karte nicht gesperrt ist. Er probiert die Karte gleich ein weiteres Mal an einem Bankomat. Selbst hier erhält er die geforderten dreihundert Euro.

Schmunzelnd eilt er auf sein Zimmer und legt sich schlafen.

*

Kriminaloberkommissarin Steffens sitzt mit dem Staatsanwalt zusammen und bespricht die neusten Fahndungsergebnisse im Backgammonfall. Recherchen der italienischen Polizei in Südtirol haben ergeben, das Helmer Wilbau sich zum Gardasee abgesetzt hat. Dort ist er in einem Hotel, dem «Orione», bei Castelletto eingecheckt. Hat sich da aber, wie die Öffentlichkeitsfahndung in Italien anlief, aus dem Staub gemacht.

Zwei Tage später wurde er am Hauptbahnhof in Augsburg gefilmt. Eine Überwachungskamera erfasste ihn am Bahnsteig und zeigt, wie er in letzter Sekunde einen Zug verlässt. Ein aufmerksamer Bahnmitarbeiter hat ihn erkannt und sofort die bayerische Polizei alarmiert. Deren Fahndung nach Wilbau läuft zurzeit an.

«Helmer Wilbau ist wieder in Old Germany. Keine Spur, die uns sagt, was er vorhat.»
Frustriert schaut Staatsanwalt Gunnar Zipperlein Vivian an. Vivian zieht die Achseln nach oben, sie hat keinen Lösungsansatz, der den Staatsanwalt befriedigt.
«Was wäre denn, wenn Sie und Kleinemeier nach Bayern fahren, um die Kripo vor Ort zu unterstützen?», fragt Zipperlein, überzeugt von seinem Vorschlag.
Vivian Steffens sieht den Staatsanwalt betroffen an.
«Das ist nicht Ihr Ernst! Wissen Sie, wie arschkalt das dort zurzeit ist? Ungeachtet dessen, was bringt uns das?»
«Schicken Sie mir den Kleinemeier heute Nachmittag vorbei, ich telefoniere in der Sache und checke ab, ob die Bayern mitspielen.»
Gunnar Zipperlein steht auf, reicht Vivian die Hand und

verlässt die Dienststelle. Vivian schaut lange auf die Tür, durch die der Staatsanwalt den Raum verlassen hat.

Hatte, der ihren Einwand ignoriert?

Das kann der nicht ernst gemeint haben, ärgert sie sich.

Kurz darauf benachrichtigt sie Heino. Der ist zu ihrer Enttäuschung gleich Feuer und Flamme, entnervt legt sie auf.

Kapitel 16

Zwei Tage später sitzen sie im ICE nach Augsburg.

Vivian schmollt.

Wie sie nach und nach in die Gefilde kommen, wo die Schneedecke geschlossen die Landschaft bedeckt, fragt Heino.

«Hast du deine Skiunterwäsche eingepackt?»

Vivian blitzt ihn garstig an.

«Worauf du einen lassen kannst!», raunzt sie, lacht freilich selbst über sich.

Heino ist froh das, Vivian sich mit dem Gedanken abgefunden hat, in Bayern zu ermitteln.

Am Abend treffen sie am Hauptbahnhof in Augsburg ein. Ein Kollege der Augsburger Polizei holt sie ab und bringt sie einstweilen in ein Hotel. Das Stadthotel Augsburg steht in der Nähe des Polizeipräsidiums, da hat man kurze Wege.

Das Hotel ist ein schlichtes Hotel mit durchschnittlichen Zimmern, diese sind tadellos. Selbst ein großzügiges Bad findet Vivian Steffens vor. Da sie in der Bahn zu Abend gegessen haben, arbeitet jeder für sich die vorbereiteten Unterlagen für den morgigen Tag durch und legt sich schlafen.

Am nächsten Morgen sind sie überrascht ob des genialen Frühstücks, das man ihnen im Hotel serviert. Das haben sie nicht erwartet. Das eindrucksvoll liebenswürdige, niemals aufdringliche Personal, liest ihnen jeden Wunsch von den Lippen ab und ist sofort zur Stelle, um fehlendes nachzureichen. Frohgelaunt begeben sie sich fußläufig auf den Weg zum Präsidium, das ebenfalls an der Gögginger Straße liegt, nur vier Hausnummern entfernt vom Hotel.

Im Foyer empfängt sie der Kollege von gestern Abend und führt sie in einen Dienstraum, in dem zwei Arbeitsplätze für sie vorbereitet sind. Ein dritter Schreibtisch ist eingerichtet und gehört dem Kollegen, der sich am Abend mit Alois Wagner vorgestellt hat.

Alois ist Kriminaloberkommissar und mit ihrem Fall vertraut. Zuerst brieft er sie über den derzeitigen Stand der Ermittlungen der bayerischen Polizei.

«Zu unserer Überraschung haben wir eine Nachfrage von der Luxemburger Kripo erhalten. Diese sind einem EC-Karten-Missbrauch auf der Spur», berichtet er.

Im Weiterem Verlauf seines Berichtes, erfahren Heino und Vivian, dass die Luxemburger Kollegen entgegen dem üblichen Prozedere, aufgrund von ansteigenden Kreditkartendiebstählen, ein Paar Karten in Absprache mit der Bank nicht gesperrt haben, um den Täter zu ermitteln. Eine der Giro-Karten wurde in einem Automatenhotel in Augsburg benutzt.

«Unsere Ermittlungen haben ergeben, dass mit der Karte ein Zimmer für eine Woche angemietet wurde.»

«Was hat das mit unserem Fall zu tun?», hakt Kriminalhauptkommissar Heino Kleinemeier nach, und ist gespannt wie ein Flitzebogen.

«Ein Foto der Automatenkamera beim Check-in weist spärlich auf unseren Täter hin.»

«Was heißt hier spärlich? Mensch Wagner lassen Sie sich nicht alles aus der Nase ziehen.»

«Das Foto ist von derart bescheidener Qualität, das der zuständige Staatsanwalt es ablehnt, eine Festnahme anzuordnen.»

Heino ist das egal, er erfragt die Adresse des Hotels und will gleich los, um sich den Verdächtigen anzuschauen.

«Der Gesuchte hat heute Morgen das Hotel verlassen und hält sich zurzeit in einem Kaufhaus auf, um dort zu frühstücken», bemerkt Kriminaloberkommissar Wagner mit einem Lächeln. Er erklärt dem erstaunten Ermittlerpaar aus dem Norden, das er intern eine Überwachung der Person initiiert hat.

«Höchst erfreulich!», lobt Heino die Initiative seines bayerischen Kollegen. «Lassen Sie uns dort hinfahren und das ganze beenden!» Heino ist ungeduldig.

Vivian Steffens versucht, das Tempo herauszunehmen.

«Heino, lass uns erst mal hören, wie der Kollege den weiteren Einsatz geplant hat.»

«Ja ja, logisch, entschuldige meine Ungeduld», sagt er zu Alois Wagner.

Alois teilt ihnen mit, wie es weitergeht.

Die beiden Ermittler von der Elbe sind recht angetan von der Idee und gespannt ob der Realisierung.

*

Malte Caskorb liest den Brief verzweifelt zum dritten Mal. Er hat seinen Tutor gebeten, sich dafür starkzumachen das er sein Studium aus der Strafanstalt fortsetzen darf. Die Gefängnisleitung hat ihm das geraten, da absehbar ist, dass seine Bestrafung, was den Freiheitsentzug betrifft, nicht beträchtlich ausfällt. Der Tutor hat sich jeglichen weiteren Kontakt verboten und das Ansinnen, das Studium weiterzuführen als absurd abgetan. Malte ist enttäuscht, er hat sich anständig mit seinem Tutor verstanden.

Aufgeben ist für ihn keine Option. Er formuliert ein neues

Schreiben, an die Leitung der Universität, in der Hoffnung das diese ihn in seinem Ansinnen unterstützt.

Malte hat sich viele Gedanken gemacht. Er kommt zu dem Schluss, dass er da hineingerutscht ist und streng gesehen nichts dazu beigetragen hat, außer Schmiere zu stehen.

Der Staatsanwalt dagegen, klagt ihn wegen Beihilfe zum Mord sowie der Verdeckung der folgenden Straftaten an.

Malte hat versucht, Kontakt mit Cord Juskowiak aufzunehmen, als er erfuhr, dass dieser in Haft sitzt. Da Cord in einer anderen JVA untergebracht ist, war es schwierig. Wie es über seinen Rechtsanwalt letzten Endes gelingt, lehnt Cord jeglichen Kontakt kategorisch ab. Weder per Brief noch am Telefon möchte er Kontakt. Er ist gekränkt, da er vermutet, dass Malte ihn verraten hat. Da ist eine Freundschaft zerbrochen, die aus einer gemeinsamen Spielleidenschaft gewachsen war und mit Mordlust endete. *Schade,* denkt Malte.

*

Mit dem Dienstwagen des bayerischen Kollegen sind sie zum Jakoberhof gefahren. Dort spricht der Kollege mit seinen Observierern, gemeinsam betreten sie das besagte Low-Budget-Automatenhotel. Der Manager des Hotels ist vor Ort, er ist vorab durch die Kollegen gebrieft. Er übergibt Alois Wagner die Schlüsselkarte und zieht sich zurück.

Alois eilt mit Heino Kleinemeier und Vivian Steffens in die zweite Etage. Dort verbergen sie sich in dem Zimmer, das Helmer Wilbau angemietet hat. Sie gedenken ihn zu überraschen. Das Observationsteam sichert den Einsatz von außen ab.

Nach einer Wartezeit von zwanzig Minuten erscheint Wilbau vor dem Hotel, er schaut sich misstrauisch um, sieht in allen und jedem einen Verfolger. Wie er meint, dass die Luft rein ist, tritt er ins Foyer und sondiert hier die Lage. Dort sitzt ein Mädchen mit ihren Kopfhörern in der Lounge und liest ein Buch. Helmer entspannt sich und besteigt den Fahrstuhl. Wie er in der zweiten Etage aussteigt, riecht er sofort, dass sich hier ein weibliches Geschöpf aufgehalten hat. Ein dezenter Parfümgeruch hat sich im Flur verbreitet. Bei Helmer schrillen die Alarmglocken, denn für eine Putzfrau riecht der Duft zu kostbar und ein anderer Gast ist nicht auf seiner Etage eingecheckt.

Helmer eilt zum Treppenhaus und sprintet in die vierte Etage. Dort klopft er an die erst beste Tür, um sich zu verbergen. Ein Asiate öffnet mit fragendem Blick. Helmer stößt ihn ins Zimmer und hält dem Kerl den Mund zu. Erschrocken sackt dieser zusammen und fällt in Ohnmacht. Helmer der damit nicht gerechnet hat, lässt den Asiaten auf den Boden gleiten und fesselt ihn zuallererst. Da der Asiate nicht wieder aufwacht, schüttet er ihm ein Glas Wasser ins Gesicht. Der Kerl schlägt bekümmert die Augen auf. Helmer signalisiert ihm, dass er sich still verhalten soll, der Asiate nickt verstehend. Im Augenblick ist Abwarten angesagt.

*

Kriminalhauptkommissar Kleinemeier hat mit seinen Mitstreitern soeben Stellung bezogen, wie das Observationsteam ihnen einige wenige Minuten später mitteilt, das Helmer sich im Haus aufhält. Sie haben beobachtet, dass er in den Fahrstuhl stieg. Gespannt warten die drei Ermittler im Zimmer von Helmer Wilbau. Nichts passiert, sie hören zwar die Fahrstuhltür, Helmer Wilbau erscheint jedoch nicht bei ihnen.

Nachfragen beim Observationsteam, das sich im Foyer aufhält, ergibt nichts Neues.

«Wir müssen raus, der hat Lunte gerochen!», ruft Heino und springt auf den Flur hinaus.

Dort ist niemand. Vivian und Alois Wagner folgen und sichern das Vorgehen mit gezogenen Handfeuerwaffen ab.

Kriminalhauptkommissar Kleinemeier arbeitet sich zum Treppenhaus vor. Dort ist niemand zu sehen.

«Mist verdammter! Der ist uns entwischt», stellt er resigniert fest. «Wo ist er hin?»

«Der muss hier im Hotel sein!», raunt Alois den beiden Nordlichtern zu.

Mit den Kollegen, die sich von unten hochgearbeitet haben, durchsuchen sie das Hotel, Zimmer für Zimmer. Die meisten sind leer und nicht vermietet. In der vierten Etage ist eine Reisegruppe aus Vietnam untergebracht. Hier durchsuchen sie Raum für Raum. Die Touristen aus Asien finden das aufregend und lassen die Beamten gewähren. Konsequent wird alles fotografisch für die Daheimgebliebenen konserviert. Beim Zimmer vierhundertachtzehn erfolgt auf ihr klopfen zunächst keine Reaktion, sofort steigt die Anspannung. Dann kommt ein unfrisierter Asiate an die Tür und beschwert sich ob des Lärms, denn er wolle schlafen.

Heino entschuldigt sich bei dem Herrn und erklärt ihm die Umstände.

«Nix hier gesucht Mann!», schimpft der Vietnamese und

schließt seine Tür.

«Abmarsch!», sagt Heino und bedeutet den anderen, sich zurückzuziehen.

Erstaunt eilen sie mit ihm zurück ins Foyer, dort erklärt er den Kollegen das, er in einer Spiegelung des Fensters im Zimmer des Vietnamesen, Wilbau erkannt hat. Er weist die vier Kollegen an, das Hotel zu verlassen und davonzufahren.

«Hast du vor das ohne unsere Hilfe durchziehen?», fragt Alois Wagner nach.

«Nein, ihr kommt zurück! Am besten über die Tiefgarage, die Einfahrt befindet sich auf der anderen Seite des Hotels», erklärt Heino.

*

Helmer Wilbau steht am Fenster und beobachtet wie die beiden Polizeiteams mit ihren Fahrzeugen davonfahren. Er atmet tief durch und beruhigt seinen Gastgeber, der mit zitternden Knien wie ein Häufchen Elend vor ihm sitzt. Der Vietnamese hat erkannt, dass die Gefahr für ihn vorbei ist. Helmer klopft ihm dankbar auf die Schulter und schleicht über den langen Flur ins Treppenhaus.

Er plant das Gebäude, über den Lieferantenausgang in der Tiefgarage zu verlassen. Bis in die Garage ist er ohne Probleme gekommen, der angestrebte Ausgang ist verriegelt.

Er entschließt sich, über die Garagenzufahrt nach draußen zu spurten. Just wie er über die Rampe eilt, kommen ihm zwei Fahrzeuge entgegen, die er kennt.

«Shit!», schimpft er und rennt wieder zurück.

Die Fahrzeugbesatzungen haben ihn erkannt und fahren ihm nach. Über den Außenlautsprecher des zivilen Polizeiautos hört er.

«Halt! Stehenbleiben Polizei!»

«Die können mich mal», flucht Wilbau und sprintet zurück ins Hotel. Wie er die Sicherheitstür zum Treppenhaus öffnen will, fliegt diese mit Karacho auf. Das Türblatt trifft Helmer Wilbau frontal. Wie ein nasser Sack fällt er in sich zusammen und sagt keinen Mucks mehr.

*

Kriminalhauptkommissar Heino Kleinemeier, der sofort nachdem ihm seine Kollegen über den Funk Bescheid gegeben haben, in die Tiefgarage gesprintet ist. Staunt nicht schlecht, wie er den Komatösen hinter der Tür identifiziert.

Wilbau stöhnt vor Schmerzen. Heino legt ihm mitleidslos Handschellen an und schaut sich nach den Kollegen um. Kriminaloberkommissarin Vivian Steffens ist die Erste, die abgehetzt ums Eck kommt. Abrupt stoppt sie und sieht Heino erstaunt an. Ihre Begleiter folgen ihr mit gezogenen Waffen auf dem Fuß.

«Wo bleibt ihr denn? Muss ich hier alles im Alleingang machen oder fasst da jemand mit an?», fragt er mit einem verschmitzten Lächeln in die Runde.

Seine Kollegen brauchen ein bisschen, um die Gesamtlage zu überblicken.

«Tür?», fragt Alois Wagner und grinst, «soviel Glück hat nicht jeder!»

«Was heißt hier Glück! Ich war zur richtigen Zeit am richtigen Ort», flachst Heino Kleinemeier.

Gemeinsam schaffen sie den Täter, der mit schmerzverzerrtem Gesicht den Dialog verfolgt hat, in den Dienstwagen und bringen ihn ins Präsidium.

Am Abend feiern sie zu fünft ihren Fahndungserfolg in einem Jazzklub in der Philippine-Welser-Straße. Sie hören begeistert der Jazzformation „Bataillon modern" zu.
Vier unterschiedliche Musiker, die ihre individuellen Fähigkeiten mit hohem handwerklichem Können, in einer ausgezeichneten Weise zum Ausdruck bringen. Diese Jazzformation verbindet Jazz mit folkloristischen und zeitgenössischen Einflüssen. Es ward eine lange Nacht mit untadeligem Jazz und einigen launigen Getränken.
Wenn wir das Zuhause erzählen, glaubt uns das keiner. Die denken das wir hier bei Blasmusik und Haxen gefeiert haben, wähnt Vivian, wie sie früh am Morgen erschöpft ins Bett steigt und den Abend Revue passieren lässt.

Am nächsten Nachmittag schwirren sie zuerst vom Augsburger Airport mit dem Helikopter der Polizei bis München, um später mit der Linienmaschine nach Hamburg zu fliegen. Helmer Wilbau begleitet sie, sicher angekettet am linken Handgelenk von Kriminalhauptkommissar Heino Kleinemeier. Wilbau der am Vorabend durch die Ambulanz medizinisch versorgt wurde. Sieht mit seinem grün und blau verfärbten Antlitz verboten aus. Die Passagiere nicken Vivian und Heino anerkennend zu, wie sie bemerken, das Wilbau Handfesseln trägt. Vivian ist das eher peinlich, Heino dagegen genießt das Bad in der Menge, wie er es nennt. *Männer!* Denkt Vivian und setzt sich ans Fenster. Helmer Wilbau sitzt zwischen ihnen, er hat bisher keine Aussage getätigt und weigert sich, mit den Beamten zu sprechen. Vivian genießt den Flug, klare Sicht über die schneebedeckten Berge, ein surrealer

Sonnenuntergang mehr braucht es nicht.

*

Die Stimmung auf der Dienststelle in der Hansestadt Stade ist ausgezeichnet, soeben haben sie von dem Erfolg ihrer Kollegen in Bayern erfahren. Jörg ruft gleich Andrea an und berichtet ihr von der Festnahme ihres Bruders.
«Das ist erfreulich, da holen wir morgen den Fiete zu uns», freut sich Andrea.
Mit ihrem Bruder und seinen Freveltaten hat sie lange abgeschlossen. Mit solch einem Monster will sie nichts mehr zu schaffen haben. Sie freut sich auf ihre überschaubare Familie mit Jörg Merkens und Fiete. Das Amt hat zugestimmt und Andrea und Jörg die Vormundschaft für Fiete übertragen. Gunnar Zipperlein hat Spendierhosen an und einen Caterer damit beauftragt, ein paar Häppchen und Getränke aufzutragen. Wie die «Bayerntruppe» spät in der Nacht eintrifft, sitzen sie vergnügt bei Bier und Brezeln und feiern den Erfolg. Vivian und Heino schauen sich lachend an und setzten sich dabei. «Erneut solch eine Nacht ist hart!», sagt Vivian.
«Wir haben es uns verdient!», antwortet Heino und prostet Grit Birkenfels zu, die sich ihm gegenüber hingesetzt hat.
Wieder einen Fall gelöst, resümiert Heino für sich und wendet sich den Feiernden zu.

Ende.

Weitere Kriminalromane von Klaus-Dieter Budde

«Der Tote im Spargelfeld»

Privatdetektiv Bernd Kühl ermittelt.

ISBN: 978-3-938097-52-6

*

«Lupus caritate»

Privatdetektiv Bernd Kühl ermittelt.

ISBN: 978-3-755790-44-0

*

«Halsabschneider»

Das Stader Kripo-Team um KHK Kleinemeier ermittelt.

ISBN: 978-3-755781-27-1